ÉTONNANT*iss!mes*

ÉTONNANTiss!mes

FABIEN CLAVEL

La Dernière Odyssée

Présentation et dossier
par SARAH GABILLET

Flammarion

Étonnantissimes, une série
de la collection « Étonnants Classiques ».
ISBN : 978-2-0812-4997-4
ISSN : 1269-8822

Avant de commencer

Transportés par Homère sous les remparts de Troie lors de votre lecture de l'*Iliade*, vous avez tremblé face à la détermination sans faille des combattants grecs venus reprendre la belle Hélène aux mains de l'ennemi ? Vous avez été subjugués par les ruses incroyables utilisées par Ulysse « aux mille tours » pour vaincre l'adversaire ? Une fois la guerre terminée, en tournant les pages de l'*Odyssée*, vous avez prié tout bas la déesse Athéna pour qu'elle guide les Achéens (Grecs) sur la route sinueuse du retour ? Alors, amis lecteurs, vous êtes fin prêts à suivre les héros de *La Dernière Odyssée* dans leurs aventures !

Cependant, avant de partir affronter tous les dangers, essayez de répondre à cette question : quel était le nom du prince grec originaire de l'île de Symé, à la beauté remarquable, qui prit part aux combats aux côtés d'Achille et de tous les autres venus assiéger Troie ? Vous donnez votre langue au chat ? C'est Niréus ! Si vous n'avez pas deviné, vous êtes tout excusés car, dans son *Odyssée*, Homère se contente seulement de mentionner ce personnage, parmi tant d'autres héros grecs…

Qu'importe, le nom est lâché et votre curiosité piquée au vif ! Qui peut bien être ce Niréus ? Quel rôle a-t-il tenu dans la guerre de Troie ? Comme Ulysse, a-t-il été le jouet des dieux et de l'implacable Destin ? C'est ce que vous allez découvrir au fil de ces pages…

Pour l'heure, contentons-nous de dire que la guerre de Troie n'a peut-être pas été aussi héroïque que certains veulent bien le croire et que, l'affrontement terminé, chaque camp pleure ses morts… Niréus, lui, est obsédé par les souvenirs horribles de ce qu'il a vécu : des massacres injustes, la terrible barbarie des guerriers et l'avidité des vainqueurs obsédés par leur butin.

Et pourtant il ne sait pas encore que le pire est à venir : après les combats, une sourde menace pèse sur lui. Il est poursuivi avec obstination par un mystérieux chasseur noir, qui n'a qu'un seul et unique but : la mise à mort, la plus cruelle possible, du prince de Symé.

Embarqués sur un navire avec Niréus, vous ferez bientôt connaissance avec ses compagnons de route : un aède aveugle plein de bon sens (tiens, tiens, cela vous rappelle quelqu'un ?), une esclave ravissante mais capricieuse, un jeune guerrier aux longs cheveux blancs et un enfant au poil hirsute. Une drôle de troupe à vrai dire… mais très attachante ! Vous verrez, vous frémirez pour leur vie lorsqu'ils combattront l'hydre monstrueuse qui empoisonne de son venin l'île de Symé.

Et ce n'est pas tout : au fil des chapitres – des chants, devrait-on dire, tonnerre de Zeus ! – de cette aventure, vous croiserez des héros et des dieux que vous connaissez déjà grâce au récit d'Homère. La magie de l'histoire et la précision des détails opérant, ils vous paraîtront plus familiers, plus concrets et plus proches de vous. Vous serez entraînés chez Teuthras, le roi maudit, vous affronterez les Amazones et les terrifiantes Gorgones, et vous serez même aspirés au cœur du royaume sous-marin des Telchines !

N'en disons pas plus… Tournez la page et laissez-vous happer par ce récit aussi haletant que cruel, au gré des péripéties rencontrées par le prince Niréus et ses compagnons de voyage…

La Dernière Odyssée

À ma mère.
Pour Anna.

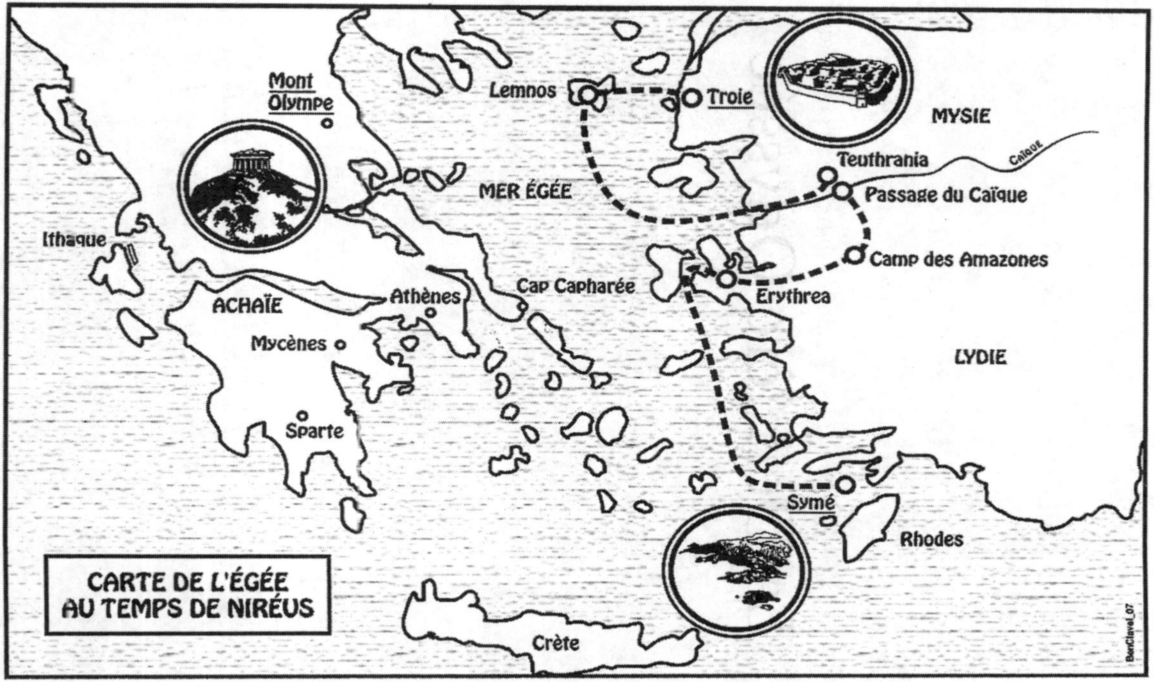
Mont Olympe
Lemnos
Troie
MYSIE
Teuthrania
Caïque
Passage du Caïque
MER ÉGÉE
Ithaque
Camp des Amazones
Cap Capharée
Erythrea
ACHAÏE
Athènes
Mycènes
LYDIE
Sparte
Symé
Rhodes
CARTE DE L'ÉGÉE
AU TEMPS DE NIRÉUS
Crète
BenClavel_07

Note de l'auteur

Un jour, un prince troyen nommé Pâris enleva Hélène, épouse d'un Achéen[1]*. Pâris emmena Hélène dans la cité de Troie, au-delà de la mer Égée. Les Achéens ne supportèrent pas cet affront ; ils s'embarquèrent en grand nombre et traversèrent la mer pour récupérer la belle Hélène. La guerre de Troie venait de commencer.*

L'affrontement dura dix ans et fit de nombreux morts dans les deux camps.

*Troie finit par tomber sous les coups des Achéens. Les guerriers voulurent alors rentrer chez eux. Homère, le plus grand auteur grec antique, raconte ainsi, dans un long poème intitulé l'*Odyssée*, le retour d'Ulysse à Ithaque. Auparavant, il avait déjà raconté un épisode important de la guerre de Troie dans un autre poème, l'*Iliade.

Parmi les guerriers achéens qui débarquèrent sur la plage de Troie avec des hommes et des navires, il en est un qu'Homère présente ainsi : « Niréus a, de l'île de Symé, conduit trois bons navires. Il est le fils du roi

1. Un Grec.

Charops et d'Aglaea. Niréus est le plus beau de tous les Achéens venus sous Troie, après Achille, fils de Pélée, héros irréprochable. Mais il n'est pas puissant : trop peu d'hommes le suivent » (Iliade, II, 671-675).

Par la suite, Homère ne parle plus de Niréus, sans doute parce qu'il est trop occupé par des héros plus importants. Il ne nous dit pas ce qui est arrivé à Niréus après la chute de Troie, ni s'il est rentré à Symé.

Le roman qui suit raconte l'histoire de son retour.

Chant 1
La chute de Troie

C'était fini. Niréus ferma les yeux.

Il était ici depuis si longtemps qu'il pouvait imaginer le paysage tout entier. À main gauche, il y avait un étroit bras de mer ; à main droite, les replis d'un fleuve. Devant lui, après la longue plaine, il pouvait se représenter la cité de Troie, protégée par des murailles à tours carrées, avec son acropole [1] perchée sur une colline, là où se trouvaient le palais des rois troyens et les temples consacrés aux dieux. Derrière lui s'étirait une large plage où les vaisseaux achéens s'étaient échoués, et, au-delà, la mer Égée.

C'était fini. Il ouvrit les yeux : Troie brûlait. Cela durait depuis trois jours et trois nuits. On entendait encore les hurlements des blessés et des mourants, le bruit des poutres carbonisées qui s'écroulaient brusquement.

Il ne restait rien de la magnifique cité qui avait résisté dix ans aux Achéens. Le temple de Troie était une ruine, les murailles avaient été éventrées, abattues. Les

1. Citadelle, ville haute.

bûchers se multipliaient pour consumer les cadavres des guerriers. Une odeur de cendre et de chair grillée flottait sur la plaine de Troie.

« Seigneur, que faisons-nous ? »

Niréus se redressa et regarda son vieux compagnon. Il avait, au-dessus de sa barbe, de bons yeux bleus de chien fidèle.

« Nous allons partir. Nous n'avons plus rien à faire ici. Nous avons tué assez de Troyens, femmes et enfants compris…

— Et le butin, seigneur ? »

Niréus sourcilla.

« J'avais dit de ne pas vous livrer au pillage…

— Seigneur, tes hommes attendaient depuis dix ans la chute de la ville. Tu n'aurais pas pu les empêcher d'aller piller. »

Niréus regarda autour de lui. Il était à peu près seul sur la plage de Troie, au milieu des carcasses de navires, des tentes et des chars. Tous les Achéens étaient partis ravager la ville. Il ne restait avec lui que les cadavres des guerriers troyens, allongés en une rangée interminable, attendant les honneurs funèbres. Il frotta nerveusement la balafre qui courait sur sa joue gauche et soupira.

« Dès que les hommes seront rentrés, nous embarquerons et nous partirons.

— Bien, seigneur », s'inclina le vieux guerrier.

*
* *

Les hommes revinrent vers le soir, joyeux et sanglants, les bras chargés de sacs d'or et d'argent, de vases, de tapisseries, de vaisselle précieuse. Ils étaient suivis par des femmes, leurs captives.

Les pillards riaient encore quand ils aperçurent Niréus, debout devant les navires. Alors, ils se turent. Les premiers hésitèrent à monter à bord avec le fruit de leurs rapines [1], mais le compagnon du prince leur fit signe de continuer. Les guerriers marchèrent sur la passerelle, passant devant leur roi muet.

Lorsqu'ils furent tous montés, Niréus se prépara à les suivre, mais une voix le retint.

« Eh bien, tu repars déjà ? N'attends-tu pas le sacrifice que nous allons offrir à Poséidon pour nous rendre la mer favorable ? »

Niréus se retourna : c'était Ulysse aux mille tours qui lui parlait. Le roi d'Ithaque était souriant. On voyait ses dents blanches briller dans sa barbe noire. Derrière lui venait la reine de Troie [2]. Son visage maigre paraissait exprimer toute la douleur du monde. On racontait qu'elle avait donné à la cité de Troie cinquante fils et que tous, ou presque, étaient morts.

« Que fait la reine avec toi ? demanda Niréus.

— Elle m'a été attribuée par tirage au sort… Tu rentres dans ton île de Symé ?

1. Vols.
2. Il s'agit d'Hécube, épouse de Priam.

— Oui, et toi à Ithaque ? »

Le sourire d'Ulysse s'élargit.

« Je vais rejoindre ma femme et mon fils, dit-il. Dans quelques jours, j'aurai retrouvé ma famille et mon trône.

— Remercie donc les dieux, fit Niréus d'un ton morne.

— Je ne comprends pas pourquoi tu sembles si sombre, reprit Ulysse. Nous sommes victorieux, nous rentrons pleins de gloire et de butin dans notre patrie ! »

Niréus secoua la tête.

« Je ne suis pas victorieux, Ulysse. Rappelle-toi ce que l'on disait de moi quand j'ai accosté aux rivages de Troie.

— Que tu étais le plus beau des Achéens après Achille au pied léger ? »

Le prince de Symé montra sa joue balafrée :

« Vois-tu cette cicatrice qui me défigure ? Je suis venu avec trois navires, rempli chacun de cent vingt jeunes gens. Il ne m'en reste plus qu'un seul car le bois des deux autres a été employé pour construire le cheval. Quant aux hommes, il ne m'en reste pas même cinquante. Tu parles de gloire, mais je n'étais pas dans le cheval de bois qui a permis de faire tomber la ville. Tu parles de butin, mais je n'ai pas pillé. J'ai tout perdu, Ulysse. Ma beauté, ma jeunesse, mes amis. Achille au pied léger ? Mort. Palamède, fils de Nauplios ? Mort aussi. Et Éléphénor l'exilé, le blond Méléagre, Protésilas le belliqueux, Machaon le bon chirurgien ? Tous morts… Non, Ulysse, il n'y a pas de victoire pour moi. Je n'ai plus que ma petite île de Symé. »

Ulysse se frotta doucement la barbe comme il avait l'habitude de le faire lorsqu'il réfléchissait.

« Tu es encore jeune, Niréus. Tu avais à peine quinze ans lorsque tu es arrivé ici. Tu es tout juste un homme, aujourd'hui. Il te reste beaucoup à vivre. »

Niréus voulut répondre, mais un cri l'empêcha de parler. C'était la reine troyenne qui poussait un hurlement de douleur. Elle venait de reconnaître un homme parmi les cadavres alignés. Hoquetant, elle se jeta à genoux et prit la tête du mort contre sa poitrine.

« C'est mon fils ! sanglota-t-elle. Mon dernier fils ! Qui l'a tué ? Qui a tué mon fils ? »

Elle s'effondra, brisée. Ses compagnes, d'autres captives troyennes, l'aidèrent à se remettre debout. Un guerrier achéen s'était avancé, l'œil allumé d'une joie mauvaise. Il avait sans doute bu du vin pur [1].

« C'est moi, vieille femme. »

La reine de Troie releva sur lui un regard égaré.

« Ton fils s'est bien battu, mais j'étais le plus fort, ajouta l'Achéen.

---

1. Dans l'Antiquité, le vin était bien plus alcoolisé qu'aujourd'hui. Aussi les Grecs le mélangeaient-ils en temps normal avec de l'eau (un vase, appelé « cratère », était spécialement dévolu à cette fonction).

— Alors… sois maudit ! »

La vieille femme poussa un rugissement animal et se jeta sur le guerrier. Celui-ci, surpris, n'eut pas le temps d'esquiver l'attaque de la reine enragée. Elle lui enfonça les ongles dans les yeux et le sang commença à couler. Hurlant de douleur, il tenta de se dégager. Les Achéens, stupéfaits, demeuraient sans réaction. Brusquement, la reine ouvrit la bouche et mordit le guerrier au cou.

Tandis que l'Achéen essayait en vain de repousser l'attaque, la vieille femme se transformait peu à peu. Sa bouche s'allongeait en une gueule canine, et ses lèvres se soulevaient sous la poussée des crocs. Son corps fut bientôt hérissé d'un pelage écarlate, et de longues griffes prolongèrent ses membres. Lorsqu'elle relâcha le cadavre égorgé, elle était devenue une chienne rougeâtre aux yeux de feu. Elle tourna sa gueule ensanglantée vers les guerriers interdits.

Ce fut Ulysse qui réagit le premier. Il ramassa une des pierres qui jonchaient le sol de la plaine et la lança de toutes ses forces contre la chienne. Le caillou la frappa sur la tempe et un sang noir se mit à couler de la plaie béante. Les autres Achéens suivirent son exemple, et une pluie de galets s'abattit sur le monstrueux animal, qui poussait des aboiements rauques et plaintifs. Les hommes de Niréus voulurent imiter leurs compagnons, mais Eudoros les retint.

La chienne ne put résister longtemps aux jets redoublés des Achéens. Elle fut enfouie sous un tas de pierres, éclaboussées de liquide noirâtre. Un dernier caillou vint frapper la pile immobile. Le choc résonna dans le silence de la plaine.

Après un moment, Ulysse s'avança vers l'amoncellement de galets. Il écarta les pierres lentement. En dessous, il ne trouva que le cadavre d'une vieille femme qui avait les traits de la reine de Troie. Elle semblait apaisée et son corps ne présentait aucune blessure.

Certains Achéens murmurèrent contre les maléfices des Troyens. Ulysse croisa le regard de Niréus, qui était resté sans bouger tout le temps de cette scène terrible.

« Trente guerriers contre une vieille reine ! Voici un supplément de victoire et de gloire, railla-t-il. N'oublie pas d'emporter ton butin, ô héros invincible ! »

Sur ces mots, Niréus tourna les talons et monta à son tour sur le navire. La passerelle fut tirée sur le pont et le bateau poussé à l'eau. Les rameurs sur leurs bancs dirigèrent lentement le navire vers le milieu de la baie.

Niréus jeta un dernier regard à la ville vaincue et à ses compagnons de guerre, aussi petits sur le rivage que des fourmis sur des miettes de pain. Alors, il fit hisser les voiles et le vent emporta le navire vers la mer Égée.

*
* *

Niréus rêvait.

Il se voyait enfant. Il était d'une extraordinaire beauté, aussi brun qu'Achille était blond. Lorsqu'ils arrivèrent à Troie pour la première fois, Achille était un peu plus âgé que lui. On les avait immédiatement comparés. Mais, si Achille était magnifique dans son être tout entier, Niréus était plus mince, plus élancé.

Les différences ne s'arrêtaient pas là. Alors qu'Achille était un guerrier d'exception, un véritable tueur, Niréus n'était qu'un honnête soldat. De plus, il n'était pas riche. Il n'était venu à Troie qu'avec trois navires, la plus modeste flotte, quand d'autres, comme le chef des Achéens, conduisaient quatre cents nefs. Bien vite, on avait oublié le beau Niréus.

Aujourd'hui, Achille était mort et Niréus était défiguré. Il avait le sentiment d'un immense gâchis. Des scènes d'atrocités défilaient dans sa mémoire. Elles s'imposaient à lui sans qu'il pût les éviter.

Il avait vu les Achéens exécuter Palamède, fils de Nauplios, sous de fausses accusations de trahison. Le fameux guerrier, meilleur ami de Niréus après Achille, avait été lapidé à cause des manœuvres douteuses [1] d'Ulysse aux mille tours. Niréus ne le lui avait jamais pardonné.

Il avait vu le roi de Sparte saisir sa femme, Hélène, par les cheveux et la traîner à travers toute la plaine, depuis la cité troyenne jusqu'aux navires achéens. Il ne l'avait lâchée que sur la plage. Là, malgré la souffrance, la poussière et les pleurs, il l'avait trouvée si belle qu'il

1. Actions malhonnêtes.

n'avait pu se résoudre à la tuer. Il avait été le premier à repartir.

Il avait vu un fils d'Achille arracher le roi de Troie de l'autel où il s'était réfugié, l'entraîner dans la même plaine et l'égorger sur la tombe de son père sans laisser au vieillard le temps de dire adieu aux siens.

Il avait vu enfin le fils d'un prince troyen enlevé des mains de sa mère, qui, déjà veuve, perdait en outre son unique enfant. Le nourrisson en pleurs fut jeté du haut d'une tour au bas des murailles.

Tout cela n'était pas la guerre, c'était la vengeance des guerriers. Niréus voyait ces femmes, ces vieillards et ces enfants qui tournaient vers lui leurs pauvres yeux. La plaine de Troie était couverte de sang, et les eaux du fleuve débordaient, vomissant des flots rougis.

Chaque nuit, Niréus retrouvait ces victimes qui l'interrogeaient, muettes, ces regards accusateurs. Chaque nuit, Niréus s'éveillait en sursaut, le corps baigné de sueur.

* * *

« Seigneur, réveille-toi ! »

On lui secouait l'épaule. Niréus ouvrit les yeux. Les visions de cauchemar s'évanouirent peu à peu pour laisser place à un ciel sombre et tourmenté.

« Que se passe-t-il ?

— Seigneur, je crois qu'une tempête se prépare et les hommes auront besoin de toi pour diriger le navire. »

Niréus se releva. Le vent gonflait la voile avec violence et l'on entendait le mât gémir. Les rameurs l'observaient en silence, presque hostiles. La mer était percée, çà et là, de rochers déchiquetés qui indiquaient que la côte n'était pas loin.

« Où sommes-nous ?

— Nous n'avons guère avancé, seigneur. Les vents étaient très calmes avant que le ciel ne s'assombrisse. Les hommes murmurent que Poséidon est en colère contre nous parce que nous ne lui avons pas offert de sacrifice avant de partir.

— Les dieux ont eu assez de sacrifices à Troie », trancha le prince.

Un coup de vent claqua, faisant tanguer la nef. Il menaçait de déchirer la voile ou d'abattre le mât.

« Faites descendre les voiles ! » ordonna Niréus.

Il dut hurler car le sifflement de la tempête couvrait sa voix. D'énormes nuages noirs se rassemblaient dans le ciel. Ils semblaient former un visage sévère et barbu. Plusieurs hommes quittèrent leur banc pour exécuter la consigne du prince mais, avant qu'ils aient pu achever la manœuvre, une bourrasque plus brutale que les autres terrassa le mât, qui s'écroula dans un craquement sinistre. La masse de bois, en tombant, écrasa la jambe d'un des hommes, qui se brisa net.

Le navire, déporté, fit un écart et alla racler contre des récifs. Les rochers déchirèrent la coque. Des hommes hurlèrent lorsque l'eau pénétra dans la cale.

« Rebouchez les voies d'eau [1] ! » cria Niréus sans perdre son calme.

Le vent frais semblait chasser sa peur. Son ton posé rassura un instant ses hommes, mais l'eau pénétrait à gros bouillons écumants. La paille de la cale ne suffisait pas à empêcher la nef de couler.

« Jetez le butin par-dessus bord ! rugit encore Niréus. Nous devons nous alléger ! »

Au même moment, des éclairs aveuglants traversèrent le ciel noir. La pluie tomba dru sur les navigateurs.

« Jetez le butin ! » répéta le prince en se cramponnant au bastingage pour ne pas tomber.

Les hommes le regardaient, soudain immobiles. À travers leurs cheveux collés par la pluie, leurs yeux brillaient à la lueur des éclairs. Niréus comprit qu'ils n'obéiraient pas à ses ordres.

Des vagues s'amoncelaient, de plus en plus hautes. Elles formaient des murailles liquides, comme celles de Troie. De nouveau, Niréus crut distinguer les traits d'un homme barbu dans le dessin ondulé des flots.

Il n'éprouvait aucune peur. Il avait toujours su qu'il en arriverait là. Il ne restait plus à ses hommes qu'à le

1. Fissures dans la coque d'un navire.

jeter à la mer après l'avoir poignardé. Ils déclareraient qu'il était mort noyé dans la tempête, et ce serait tout.

Les guerriers s'approchaient lentement de lui, épées tirées. Dans un mouvement de colère, Niréus dégaina son arme.

« Venez, mes amis ! les harangua-t-il. Venez, pillards, violeurs, assassins ! Vous n'êtes plus des hommes ! »

Au moment où les soldats allaient l'atteindre, une vague démesurée balaya le pont du navire, emportant équipage, armes et butin. Niréus ne put résister à la poussée. Il se sentit soulevé et, brusquement, il fut dans l'eau. Le liquide salé pénétra dans son nez et sa bouche, le privant de souffle.

Chant 2
Le chasseur noir

Le chasseur noir attendait patiemment dans la ville basse de Troie. Les guerriers achéens couraient en tous sens pour piller, tuer et violer. Le chasseur aurait pu intervenir, mais il ne le faisait pas. Il se tenait dans l'ombre d'une boutique récemment dévastée. Cela sentait le pain chaud. Le chasseur noir s'enfonça dans le fond de la boutique et mordit dans une miche. Il avait faim. Mâchant avec application, il reprit son poste d'observation.

Il vit passer des Béotiens, des Myniens, des Phocidiens, des Locriens, des Eubéens, des Lacédémoniens, des Mycéniens, des Argiens [1] et d'autres encore qu'il ne savait reconnaître. Il étudiait les armures, le motif des boucliers, les dialectes utilisés pour déterminer leur provenance, mais aucun ne l'intéressait.

Ayant fini son pain, il revint vers le fond de l'échoppe à la recherche d'un peu d'eau. L'atmosphère enfumée par les incendies et les bûchers lui asséchait la gorge. Il trouva une amphore brisée d'où il put

1. Peuples de différentes régions grecques.

recueillir quelques gouttes de vin pur. Il le but avec délectation, mais à peine en eut-il avalé une gorgée qu'il ressentit de nouveau le goût âcre de la fumée. Il passa à côté du four à pain et prit de la cendre encore tiède pour s'en barbouiller le visage. Ainsi, il passerait inaperçu au milieu des soldats maculés de suie.

Des cris l'attirèrent jusqu'à la rue. Cette fois, il reconnut ceux qu'il attendait. C'étaient des Syméens. Le chasseur noir les avait suffisamment observés sur leurs navires pour ne pas s'y tromper. Les hommes venaient de s'emparer de l'atelier d'un céramiste et portaient de grands vases sur leur dos. N'étant pas nombreux, ils ne pouvaient se permettre de transporter un butin important. Ils étaient sur le point de faire demi-tour.

« Le prince Niréus va encore être mécontent ! » dit l'un.

Les autres rirent de bon cœur, comme s'ils se moquaient de leur souverain. Le chasseur noir les observait, immobile. Il repéra à la fin de la file un homme qui était de la même stature que lui. Lorsque les Syméens prirent la direction de la porte de la cité troyenne, le chasseur noir les suivit.

Il courut dans des rues parallèles en prenant bien soin d'éviter toute rencontre. Il prit une légère avance sur les guerriers et se posta au coin d'une ruelle en pente. Dès que les Syméens furent à sa portée, il se plaqua contre le mur et attendit. Ils passèrent un à un, échangeant des plaisanteries grasses. Lorsque le dernier guerrier de la file, chargé d'un épais tapis, passa devant lui, le chasseur noir leva le gourdin qu'il tenait. Il frappa le retardataire de toutes ses forces, et ce dernier s'écroula.

Le chasseur noir tira prestement le Syméen inconscient à l'abri et lui ôta son armure, ses jambières, ainsi que son casque et ses armes. Il les enfila – ils lui allaient convenablement –, puis il passa une corde autour des bras de l'homme assommé avant de le laisser seul. Ayant repris le butin de sa victime, il rejoignit les autres sans se faire remarquer, le corps et le visage dissimulés par le grand tapis qu'il portait sur l'épaule.

Ils sortirent de Troie sans incident et se dirigèrent vers les navires échoués. Il leur fallut traverser la longue plaine troyenne sous les rayons brûlants du soleil. Heureusement, les odeurs écœurantes étaient emportées par le vent.

*
* *

Le chasseur noir prit sa place dans le navire. Les hommes n'avaient plus la tête à rire après ce qu'ils avaient vu. La métamorphose de la reine troyenne en chienne rougeâtre les avait rudement frappés. Ils ramaient, la tête penchée par l'effort.

L'ambiance était lourde. Le chasseur noir avait compris rapidement que les hommes n'appréciaient guère le jeune prince. Ils lui lançaient à la dérobée des regards haineux, tandis que lui-même ne les observait qu'avec un mépris non dissimulé. L'affrontement semblait inévitable.

Le chasseur noir partageait leur haine. Il ne pouvait supporter l'air hautain de ce souverain sans royaume, maître d'une île minuscule. Il se rappelait la première fois qu'il l'avait vu, dix ans auparavant. Le prince Niréus était encore adolescent, à l'époque, et le chasseur noir n'était alors qu'un enfant.

Les Achéens venaient de débarquer en Mysie en croyant arriver devant Troie. Ils étaient en fait bien trop au sud de la cité. Le chasseur noir avait vu ses parents se préparer. Son père, Télèphe, avait revêtu son armure de bronze ; il allait commander les hommes du pays. Sa mère avait également revêtu son armure ; elle commandait les femmes.

Les deux détachements s'étaient précipités sur la plage pour contrer l'avance des Achéens. Leur armée était réduite car ils n'avaient pas encore réuni les milliers d'hommes qu'ils allaient envoyer huit ans plus tard contre Troie.

Les Achéens se présentaient derrière deux chefs. Le chasseur les avait vus car il avait profité du tumulte pour s'enfuir et se poster sur une dune éloignée. Les deux chefs étaient magnifiquement jeunes et beaux. Il se rappelait encore l'étonnement presque douloureux qu'il avait ressenti en les voyant si superbes. L'un était blond comme les blés, l'autre brun comme la nuit. Le chasseur noir avait appris plus tard que le premier était Achille au pied léger, et le second Niréus.

Achille avait attaqué la troupe des hommes, et Niréus celle des femmes. Le chasseur noir avait observé son père pendant un moment. Il se battait bien et tuait beaucoup d'Achéens, mais, lorsqu'il avait aperçu Achille qui courait à lui comme un lion sauvage, il s'était figé, frappé de stupeur. Le chasseur noir avait crié, mais son père ne l'avait pas entendu. Achille avait profité de son immobilité pour le blesser à la cuisse d'un coup de lance, puis il s'était éloigné de lui pour s'en aller combattre plus loin. Le chasseur avait hurlé de soulagement.

Ensuite, il s'était tourné vers les femmes emmenées par sa mère. Son sang s'était glacé lorsqu'il l'avait aperçue à terre. Niréus était près d'elle, l'épée ensanglantée. La mère du chasseur noir était, selon certains, plus belle encore qu'Hélène. Il l'avait vue, un filet de sang coulant de sa bouche, l'air endormie.

Il avait couru à travers le champ de bataille, mais son père blessé l'avait retenu. Il était trop tard.

La bataille avait tourné court. Télèphe avait gardé une inguérissable blessure à la cuisse. Il avait fini par mourir d'épuisement. Aujourd'hui, Achille était mort également, tué par une flèche troyenne. Il ne restait que Niréus. Le chasseur noir avait juré de venger sa mère. Depuis ce jour, il s'employait à accomplir son serment.

* * *

La tempête surprit le chasseur noir. Le ciel fut soudain sombre et encombré de nuages. Il redressa la tête et vit que Niréus prenait en main le navire. Déjà, des vagues de plus en plus hautes fouettaient les flancs de la nef, qui menaçait à tout moment de se renverser.

Des éclairs éclatèrent dans le ciel assombri et la pluie se mit à tomber. Alors le chasseur noir entendit Niréus dire qu'il fallait jeter le butin par-dessus bord. Il n'était pourtant pas difficile de prévoir que les hommes préféreraient mourir plutôt que de voir une attente de dix années se solder par un retour les mains vides.

Le chasseur noir les vit se lever lentement, d'un même mouvement. Ils semblaient résolus à se débarrasser de leur prince. Niréus paraissait jubiler à la proue du navire ; il les insulta et les accabla de paroles méprisantes jusqu'à ce qu'une vague le jetât à la mer.

Le chasseur noir n'hésita pas une seconde. Il plongea dans l'eau à son tour et rejoignit le corps de Niréus.

« Poséidon ! cria-t-il à travers les flots déchaînés. Accorde-moi de tuer cet homme moi-même ! »

Il parvint à mettre la main sur le prince évanoui. Celui-ci ne se débattait pas ; il paraissait accepter son sort sans lutter. Le chasseur noir jura : cet homme était trop préparé à la mort. Il le saisit par le torse et le maintint à la surface.

Déjà la nef avait été emportée par la tempête. Le chasseur noir détacha un à un les morceaux d'armure de Niréus et, nageant sur le dos, le porta vers ce qui lui parut être le rivage. L'homme était grand et fort, et le chasseur noir peinait à le maintenir hors de l'eau.

Par chance, il ne s'était pas trompé et le rivage n'était pas loin. Les vagues les poussèrent sur la plage, roulant sur eux leurs eaux sablonneuses. Épuisé, le chasseur noir demeura longtemps allongé sur le sable.

La nuit tomba, passa.

Le chasseur noir se leva. Il jeta un regard rapide à Niréus ; le prince de Symé dormait toujours, vulnérable. Il était trop tôt encore pour le tuer, décida le chasseur noir.

Des bruits de pas s'approchèrent. Le chasseur noir s'éloigna à l'ombre des arbres tout proches et s'y dissimula.

Chant 3
L'île des femmes

Une vague vint rouler près de l'oreille de Niréus. Il releva la tête du sable humide et décolla lentement tout son corps. Sa peau était enflée, l'eau de mer lui coulait de la bouche et du nez, mais il était vivant.

Le guerrier se trouvait sur une plage sans rochers, abritée du vent par la crête qui la surmontait. Il ne savait plus comment il était arrivé ici.

Se tournant vers le large, il aperçut la mer superbe. Ses eaux tranquilles prenaient des couleurs vertes et bleues sous les rayons du soleil. Niréus s'assit pour savourer cet instant. Depuis près de dix ans, c'était son premier moment de solitude. Quand il campait devant Troie, il était sans cesse entouré par ses compagnons, les captives, les cadavres ennemis. Les chevaux ne cessaient de hennir, les hommes de crier et de rire. Les chars grinçaient, les forgerons frappaient le métal. Il n'y avait jamais un moment de silence où il pût écouter le murmure de la mer.

Le prince se redressa dès qu'il entendit le bruit familier des sandales sur le sable. Il s'aperçut alors que la mer avait déchiré sa tunique et ne lui en avait laissé que des lambeaux qui le couvraient à peine. Il n'avait plus de cuirasse ni d'épée. Il jeta autour de lui des regards rapides, sans trouver aucun endroit pour se cacher.

Sur la crête apparurent des hommes en armes. Niréus les trouva étrangement fins. Lorsqu'ils s'approchèrent, le naufragé se rendit compte qu'il s'agissait de femmes. Il cacha son entrejambe dans ses mains, mais elles ne parurent pas y prêter attention. L'une d'elles se détacha du groupe. Elle portait un casque achéen à cimier [1] bleu.

« Suis-nous, étranger ! » ordonna-t-elle froidement.

Comme Niréus demeurait sans réaction, elle fronça les sourcils :

« Es-tu un barbare pour ne pas parler notre langue ?

— Il n'y a que les ordres que je comprends mal, fit Niréus. Je suis nu et...

— Ce n'est rien. Suis-nous. »

Renonçant à toute pudeur, il cessa de cacher sa virilité. Il arracha même ses haillons collés d'algues et de sel, et suivit la femme sans protester. Quelle chance, pensait-il, de quitter des guerriers pour retrouver des guerrières !

Il remarqua que les femmes lui lançaient des regards en biais. Bien sûr, elles regardaient sa cicatrice, mais elles le détaillaient sans gêne aucune. Il surprit même chez certaines des mimiques admiratives.

---

1. Panache fixé au sommet du casque des guerriers.

Son impression se confirma quand ils arrivèrent à une ville construite sur un promontoire rocheux et entourée d'une muraille de bronze. Des femmes le jugeaient comme une pièce de viande sur le marché ; d'autres le dévoraient des yeux au point qu'il en fut troublé.

Ils pénétrèrent dans un palais splendide. Des portiques soutenus par des colonnes lui apportèrent une ombre rafraîchissante. Ses pieds nus se posèrent sur les dalles froides. Ils passèrent entre des portes d'or finement ouvragées ; une frise d'émail bleu courait sur les murs blancs.

Ils entrèrent enfin dans une salle aux hauts plafonds de cèdre. Des servantes s'écartèrent pour laisser passer la petite troupe. Les guerrières l'amenèrent jusqu'à un trône couvert d'un voile fin. Une femme âgée et majestueuse y était assise.

Prenant tout le monde de court, Niréus s'avança et posa ses mains sur les genoux de la reine en posture de suppliant. Il savait qu'ainsi nul ne pourrait le tuer ou même le blesser sans commettre un sacrilège, car les dieux protégeaient les suppliants.

« Noble reine, je viens à toi en suppliant. Mon nom est Niréus et j'ai échoué sur cette terre. »

Il garda le visage baissé, attendant la réponse de la souveraine.

« Tu es audacieux, étranger. Tu te présentes devant moi nu, puant la mer et les algues. Je suppose que c'est toi que mes lingères ont aperçu sur la plage. Allons, relève-toi. »

Niréus s'exécuta. La voix douce de la reine avait calmé toutes ses craintes. Elle ne lui voulait aucun mal. Son regard bleu délavé le fixait avec insistance.

« Tu n'as pas l'air d'être un mauvais homme. Tu pourrais même être un dieu puisque tu possèdes leur beauté, ces traits fins, ces longs cheveux bouclés, cette taille élancée. Mais cette cicatrice nous dit que tu es un guerrier.

– Non, noble reine, mentit Niréus. Je ne suis qu'un marchand. Mon navire était chargé d'huile que je pensais vendre aux Achéens qui campent devant Troie, mais la tempête a renversé ma nef et englouti ma cargaison. »

La vieille reine l'observa encore, comme si elle allait l'accuser de mensonge.

« Tu es le bienvenu sur mon île, dit-elle finalement. Ce soir, tu seras l'hôte de la reine de Lemnos. Mes servantes vont te guider jusqu'à une source fraîche où tu pourras laver tes membres. Va. »

L'entrevue était terminée. Craignant de se trouver en présence d'ennemis, Niréus avait réussi à ne pas dévoiler son identité. Il était également parvenu à être accepté comme hôte, et bénéficiait à ce titre de la protection de la reine de Lemnos.

Il suivit les servantes, qui le guidèrent hors du palais non sans pouffer de rire à chaque œillade qu'elles lui lançaient. Il décida de rester impassible. Heureusement, le trajet fut bref. Ils s'arrêtèrent devant un petit cours d'eau qui serpentait entre des oliviers.

« Éloignez-vous, servantes ! Je saurai me laver tout seul. »

Les femmes s'éloignèrent en gloussant. Elles lui avaient laissé de l'huile pour se frotter la peau et des vêtements propres. Il se trempa avec délices dans l'eau douce et lava l'écume qui avait séché sur ses épaules et son dos. Après s'être enduit d'huile, il passa la tunique qu'on lui avait préparée. Il songea alors qu'à part les petits garçons qui, sur son passage, se cachaient dans les jupes de leur mère il n'avait pas aperçu un seul homme depuis son arrivée à Lemnos.

*
* *

Niréus revint dans le palais avec ses vêtements frais, une belle tunique tissée de fil d'or. Il y eut un murmure à son arrivée. Toutes les femmes s'étaient tournées vers lui, et les torches du soir allumaient leurs yeux brillants de désir. Niréus ne pouvait s'empêcher de les trouver magnifiques, de la jeune vierge à la femme mûre. Il n'avait guère vu de femmes à Troie, à part des captives indomptables et des esclaves vulgaires.

La nuit était chaude, aussi toutes portaient des vêtements légers. Au détour des couloirs, il apercevait les bras blancs et parfumés des servantes qui portaient la nourriture, de lourds plateaux chargés de fruits et de viandes, des vases remplis de vins chatoyants. Niréus frissonna. Il sentait une légère brise s'infiltrer dans les corridors du palais, relevant parfois l'ourlet d'une robe sur le velouté d'une peau brune.

La reine de Lemnos l'accueillit dans la salle du banquet. Elle se leva et lui désigna sa place, sur une couchette à sa droite. Alors qu'il s'allongeait, il sentit tous les yeux fixés sur lui. Il pouvait presque entendre leurs cils battre l'air. On lui servit du vin coupé d'eau. Il n'avait guère mangé, et les vapeurs de la boisson lui montèrent aussitôt au cerveau. Il versa néanmoins une partie de sa coupe sur le sol en signe de sacrifice.

« Au dieu des Enfers ! » clama t il.

Des voix féminines reprirent sa prière dans un chuchotement. La tête lui tournait. Autour de lui, Niréus distinguait des lits dans la pénombre, et sur ces lits des femmes mollement allongées. Il les voyait de profil s'échanger des confidences, parler de lui peut-être. On riait dans le noir, on murmurait. Soudain, la reine claqua dans ses mains.

« Que l'on fasse la lumière ! »

Aussitôt des dizaines de torches apparurent comme par enchantement et l'on vit clair comme en plein jour. Le marbre blanc des murs et du sol éblouissait Niréus. Il mangea quelques grains de raisin et des morceaux de viande pour chasser l'ivresse qui montait en lui.

« Faites venir l'aède[1] ! » ordonna encore la reine.

Alors entra un homme à barbe grise portant une tunique sombre. Son métier consistait à chanter des récits merveilleux qu'il improvisait au fur et à mesure. Niréus ne put déterminer son âge. Il pouvait avoir entre quarante et soixante ans. C'était un homme mûr, de belle allure, mais il ne paraissait pas intéresser les dames du festin. À ses gestes hésitants, Niréus comprit que l'aède était aveugle.

La reine se pencha vers son invité.

« Démodocos est un aède itinérant. Nous l'accueillons depuis un mois dans notre palais. Chaque soir, il nous chante une histoire de dieux ou de héros. Tu as de la chance car il chante ce soir pour l'avant-dernière fois. Dans trois jours, il quittera les rivages de Lemnos. »

La reine s'adressa alors à l'aveugle.

« Démodocos, que vas-tu nous chanter ce soir ? »

L'intéressé sourit dans sa barbe. Une servante l'aida à s'asseoir sur un fauteuil aux clous d'argent, adossé à la plus haute colonne. On lui apporta sa lyre ainsi qu'une corbeille de pain et une coupe de vin, servies sur une belle table. Il accorda son instrument avant de répondre à son hôtesse.

« Ô ma reine, ce soir, la Muse m'inspire une histoire divine et guerrière. Je vais vous chanter la guerre des dieux et des Géants ! »

---

1. Poète.

Après quelques accords, il commença à déclamer son texte. L'assistance cessa de manger pour écouter le chant de l'aède. Il avait une voix douce et virile, très riche et pleine.

Niréus, qui n'avait pas entendu d'aède depuis sa plus tendre enfance, tendit l'oreille. Démodocos raconta comment les dieux vainquirent les Géants, des êtres immenses, d'une force invincible, à l'aspect effroyable. Tandis que l'aède peignait ces créatures repoussantes, les auditrices se mordaient les lèvres en imaginant leur épaisse chevelure, leur barbe hirsute et le corps de serpent qui prolongeait chacune de leurs jambes. Ils avaient des noms barbares dont la liste faisait murmurer les femmes. Quoiqu'il s'en défendît, Niréus se plaisait à écouter l'histoire et tremblait aux moments les plus critiques.

La soirée passa en un éclair avec l'évocation de ces combats titanesques jusqu'à la victoire finale des dieux. Lorsque la dernière note retentit dans le silence recueilli, Niréus crut qu'il s'agissait seulement de la moitié du poème. Cependant, la fatigue lui fermait les yeux.

« Allons, dit la reine, notre hôte a déjà sommeil. Laissons-le jouir du doux repos. Qu'on le conduise à sa chambre. »

Niréus se sentit guidé par une servante tandis qu'on applaudissait Démodocos derrière lui. Il fut conduit dans une chambre où on lui avait préparé un lit fait de draps de pourpre, de tapis et de feutres de laine. La servante sortit, torche en main.

Le guerrier, étourdi de vin, de musique et de parfums de femmes, s'endormit avant même d'avoir touché les draps.

*
* *

Un bruit le réveilla. Quelqu'un venait d'entrer dans sa chambre. Il se redressa sur sa couche, les sens en alerte. Instinctivement, il tendit la main vers son épée avant de se rappeler qu'il l'avait perdue.

« Qui est là ? demanda-t-il à voix basse.

— Un homme, lui fut-il répondu.

— Quel homme ? »

Dans l'ombre, Niréus perçut un léger rire et le bruit d'une personne qui s'asseyait.

« Quel homme veux-tu que ce soit ? railla Démodocos. Nous ne sommes que deux à prétendre à ce titre sur cette île. »

Les pupilles de Niréus s'accommodèrent lentement aux ténèbres de la chambre. Il distingua la silhouette de l'aède, confortablement assis.

« Approche, fit ce dernier, que nous fassions connaissance…

— Que veux-tu dire ? » fit le jeune homme, méfiant.

Démodocos soupira :

« Dois-je te rappeler que je suis un pauvre aveugle et que j'ai besoin de mes mains pour "voir" ton visage ? »

Niréus examina l'aède ; il avait encore de fortes épaules, mais le jeune homme était sûr de l'emporter. Il descendit de son lit et s'avança vers lui, puis il se pencha et prit les mains que Démodocos tenait ouvertes, paumes levées.

Les doigts, lentement, avec douceur, explorèrent ses traits.

« Tu es encore très jeune : les poils de ton menton ne sont pas très drus. Et tu n'as pas les traits d'un marchand. Ton port de tête est celui d'un prince ou d'un roi. »

Niréus se crispa lorsque l'index de l'aveugle glissa sur le tissu cicatriciel. Pourtant, Démodocos ne dit rien. Après quelques instants, il laissa retomber ses mains.

« Dommage que nous n'ayons guère plus de temps. Je suis venu pour t'avertir, jeune homme.

— Excellente idée. De quoi s'agit-il ?

— Comme tu t'en doutes, je ne serai pas le seul à te rendre visite cette nuit.

— Pourquoi ? s'enquit Niréus d'une voix étranglée.

— Pour faire plus ample connaissance, par Zeus ! Ce sera une visite de courtoisie, celle d'une femme à un homme. Rien que de très banal. »

Niréus allait répondre aux moqueries de l'aède, mais celui-ci lui plaça une fiole dans la main.

« Prends-la et sers-t'en si une femme vient. »

Déjà l'aède s'était levé et marchait vers la porte. Il n'avait plus du tout la démarche d'un aveugle.

« À quoi cela va-t-il me servir ? insista Niréus.

— Tu le sauras bien assez tôt, jeune curieux. »

Avant qu'il ait pu répéter sa question, la porte s'était refermée, laissant le jeune homme seul. Celui-ci sentit sa colère monter contre le visiteur nocturne. De rage, il lança la fiole à l'autre bout de la chambre.

Il n'avait pas achevé son geste qu'un rai de lumière rougeâtre filtra sous la porte. Une femme entra aussitôt, le visage voilé, une torche à la main. Elle accrocha le flambeau à un anneau du mur et leva lentement son voile. Elle était extrêmement belle. Une robe fine moulait son corps parfait. D'un geste, elle dégrafa son vêtement, qui glissa à terre dans un froissement sensuel.

Niréus sentit son cœur battre à tout rompre. Il tendit une main vers la jeune femme et se pencha pour l'embrasser.

Au moment où ses lèvres touchaient les siennes, il sentit dans sa gorge un atroce goût de cadavre, une odeur de putréfaction. Sous ses doigts, la peau semblait se friper comme la pulpe d'un fruit pourri. Horrifié, il eut un sursaut de recul et, en essayant de chasser ces ignobles relents [1], il trébucha sur le lit et tomba en arrière. Sa tête heurta le mur avec un bruit sourd. Il perdit connaissance.

---

1. Odeurs persistantes.

Chant 4
La déesse assassine

« Iris, s'il te plaît ! supplia Hébé [1].

— Non, je ne peux rien faire pour toi. »

Hébé la foudroya du regard. Elle était bien décidée à ne pas se laisser arrêter. Elle trépignait intérieurement, mais elle devait conserver une allure digne de son statut de déesse. Son visage juvénile prit soudain un air rusé.

« Iris, ne penses-tu pas que nous sommes toutes les deux dans la même situation ? Nous sommes des déesses, mais on ne nous laisse qu'un travail de servante. Qui doit obéir aux moindres caprices des dieux olympiens ? Et à ceux de Zeus tonnant ? Tu cours à toute heure pour porter leurs messages les plus futiles

1. Iris assure la liaison entre les dieux et les hommes, symbolisée par l'arc-en-ciel. Elle est donc chargée, comme Hermès, de transmettre les messages des dieux sur Terre. Hébé est la personnification de la jeunesse ; elle est la fille de Zeus et d'Héra et occupe les fonctions de « fille de la maison » (P. Grimal, *Dictionnaire de la mythologie grecque et romaine*, PUF, 1951) en aidant les différents dieux. Elle sera donnée comme épouse à Héraclès. (Voir aussi la « Table des héros, des créatures et des dieux » en fin de volume, p. 251.)

aux quatre coins du monde. Et moi, je ne sers qu'à préparer le bain de mon cher frère Arès. »

Elle soupira.

« Je dois même servir le nectar [1] au banquet des dieux...

— Mais c'est un honneur que de servir la boisson des dieux ! se récria Iris.

— Vraiment ? fit Hébé, dédaigneuse. Voilà un honneur dont je me passerais bien. Au moins une fois... Mais, j'y songe : je pourrais te laisser servir une fois le nectar aux dieux.

— Tu ferais cela ? »

Hébé, levant les yeux, feignit de songer.

« Il te suffirait de me laisser emprunter ton arc-en-ciel... »

Iris rougit, ouvrit la bouche pour protester, mais aucun son ne sortit. La coloration vermeille de ses joues témoignait du combat qui se jouait en elle. Elle lança un regard alentour. Elles étaient seules dans le palais des dieux qui trônait au sommet du mont Olympe. Entre les colonnades, on apercevait des fragments de nuées, des morceaux bleus de ciel, mais pas le moindre dieu. Chacun était occupé à ses affaires.

« Tu jures de me laisser servir le nectar ? s'enquit timidement Iris.

---

1. Boisson mythique des dieux de l'Olympe, qui confère l'immortalité à l'être humain qui en boit.

— Je t'en fais le serment ! »

Alors Iris, messagère des dieux, attrapa les plis du voile léger qui la couvrait et les agita doucement. Le tissu se colora soudain de teintes bariolées. Les couleurs se détachèrent de l'étoffe et tombèrent en pluie fine, formant peu à peu un arc-en-ciel devant les pieds des deux jeunes femmes. L'arche multicolore traversait le sol nuageux et se poursuivait vers la Terre en une immense courbe.

« Il te conduira jusqu'aux hommes, expliqua Iris. Tu suivras le même chemin pour revenir. »

Hébé embrassa la joue rose de sa divine amie.

« Je te remercie, Iris. Je serai de retour bientôt. Et je te regarderai verser le nectar dans la coupe de Zeus. »

Iris sourit sans se départir de son air inquiet. Elle paraissait prête à se raviser lorsque Hébé s'élança sur l'arc-en-ciel.

Elle dévala la distance qui la séparait de la Terre, celle que parcourt en neuf jours une enclume lâchée dans le ciel. Pourtant, elle ne s'arrêta pas sur la Terre. Elle poursuivit son chemin d'une distance équivalente. Elle arriva alors aux Enfers. La lumière n'y pénétrait guère, et l'arc-en-ciel peinait à transporter la déesse.

Pour la troisième fois, elle parcourut la même distance au sein des profondeurs. Enfin, elle interrompit sa course. Elle avait atteint son but.

L'obscurité était partout et la lumière semblait faite d'ombres mouvantes. Des parfums tristes et humides lui assaillirent les narines. Elle allait enfin savoir. Autour d'elle, ce n'étaient que des rochers noirs, des cavités, des grottes sombres.

Combien de fois n'avait-elle pas entendu les récits des dieux qui, enivrés de nectar, radotaient leurs aventures de jadis. Arès, en particulier, était intarissable sur ses exploits. Récemment, on l'avait moins entendu car il avait été blessé par un simple mortel dans la plaine de Troie. Hébé en avait ri pendant des jours.

Pour l'heure, elle ne cherchait pas à savoir si, oui ou non, les dieux subissaient de nouveaux affronts, mais elle venait voir si leurs paroles n'étaient qu'affabulations [1] ou bien vérités. Elle enjamba un ruisseau d'eau sale qui courait entre des rocs déchiquetés. S'appuyant sur une main, elle avança entre les roches. Le sourd grondement des fleuves infernaux lui bourdonnait aux oreilles.

C'était donc le Tartare, la fameuse prison des ennemis de Zeus, là où il avait enfermé tous ses adversaires défaits. Elle ne pouvait s'empêcher d'être déçue. Elle s'était attendue à des paysages gigantesques et désolés ; elle ne voyait pas à plus de trois pas tant les ténèbres étaient épaisses.

Elle commençait à regretter d'avoir menti à cette malheureuse Iris. Jamais Zeus n'accepterait de laisser servir le nectar par une autre qu'elle-même ! Iris ne

1. Mensonges, inventions

pourrait pas même tenir une coupe de la divine boisson. La pauvre n'oserait sans doute jamais réclamer ce qui lui revenait. Tout cela n'inquiétait guère Hébé pour le moment.

La déesse sentait peser sur elle une forte oppression, due à l'enfermement et à l'obscurité. Elle avançait d'un pas vaillant. Quelques pas plus loin, elle dégaina néanmoins le poignard qui pendait à sa ceinture. Le lieu était peu sûr, et elle en ressentait une délicieuse excitation.

Le froid humide des lieux la saisit au détour d'un gros rocher dont les arêtes tranchantes lui écorchèrent les paumes. Soudain, Hébé se figea. Elle avait entendu une lourde respiration. Elle frissonna sans savoir si cela était dû au contact glacé de la pierre ou bien à la peur.

Une forme géante se détacha dans l'ombre. Hébé ne pouvait toujours pas bouger. Elle se savait dans des lieux interdits. Serrant le poignard contre elle, la déesse attendit, immobile.

La masse gigantesque arrivait sur elle à pas lents, comme une bête aveugle et sourde. Chacune de ses foulées faisait trembler le sol et crisser les rochers. Peu à peu, Hébé reconnut avec horreur une silhouette vaguement humaine, hérissée de bras et de têtes. Elle ouvrit la bouche sur un cri de terreur muet. La forme était sur elle. Si elle ne s'arrêtait pas, elle allait l'écraser.

Se maudissant d'être si lâche, la déesse lança des coups de poignard à l'aveuglette. Elle sentit la lame trancher dans la chair, et une odeur abominable de sang et de métal mouillé lui monta à la gorge. L'arme s'enfonça dans l'épaisseur de la peau et lui fut arrachée. Elle parvint enfin à hurler et à remuer ses jambes.

Hébé prit la fuite. Elle eut beau se dire qu'une déesse n'avait rien à craindre, qu'elle était fille de Zeus, elle ne pouvait s'empêcher d'avoir peur. Foulant des rochers tranchants qui lui écorchèrent la plante des pieds, elle courut sans faire attention, affolée, comme aveuglée. Son cœur cognait à tout rompre dans sa poitrine.

L'immortelle [1] ne s'arrêta que lorsqu'un nouvel obstacle se dressa devant elle. C'était une porte immense dont les montants se perdaient dans les hauteurs. Son sang se glaça. Cette fois, elle était réellement à l'entrée du Tartare. Une terreur sacrée fit trembler ses membres.

Pourtant, la curiosité fut la plus forte. Elle remarqua que la porte – défaut ou oubli – était entrebâillée. Elle se glissa en tremblant entre les deux battants de bronze. Une pointe qui dépassait laissa une traînée verdâtre sur sa tunique et l'arrêta.

Elle ne put que jeter un regard rapide à l'intérieur de la prison. Une légère lueur bleutée baignait les lieux. Elle entrevit des corps gigantesques, avachis, écroulés, des membres musculeux chargés de chaînes énormes. Le moindre maillon devait atteindre sa taille. Tout cela

---

1. L'adjectif substantivé « immortel » (« immortelle ») sert à désigner un dieu (une déesse).

paraissait accablé par les ans. Elle tendait le cou pour mieux voir lorsqu'une main se posa sur son épaule et la tira en arrière.

Sa frayeur fut démesurée, au point que sa langue demeura collée à son palais.

« Eh bien, ma sœur ? »

Son soulagement fut si intense qu'il en devint douloureux quand elle reconnut les traits amicaux d'Hermès. Le dieu aux sandales ailées la fit sortir de la sinistre prison.

« Iris m'envoie. Elle m'a tout expliqué. Comme tu ne revenais pas, elle s'est inquiétée. »

Il eut un sourire complice.

« Rassure-toi, je ne te dénoncerai pas à notre père. J'ai commis assez de sottises dans ma jeunesse pour ne pas te pardonner les tiennes. Mais ne restons pas là, l'endroit est dangereux. »

Ils s'éloignèrent de la porte et reprirent le chemin en sens inverse. Hébé était éperdue de reconnaissance. Le messager des dieux était venu la tirer d'un mauvais pas. Il allait s'envoler grâce à ses sandales ailées, et ils seraient rentrés au mont Olympe avant que quiconque eût remarqué son absence.

Cependant, Hermès se figea. Son beau visage prit un air contrarié.

« Qu'est-ce que… »

Il lâcha Hébé et s'avança parmi les rochers hostiles, toujours froids et coupants. Il leva bientôt un poignard taché de sang.

« Je ne crois pas que je pourrai cacher cela à notre père, ajouta-t-il en désignant le cadavre du Géant-aux-cent-bras étendu devant eux. »

*
* *

Zeus n'avait pas parlé de tout le procès. Il était resté muet, le sourcil inquiet, la barbe frémissante. Il avait déjà fort à songer avec la fin de la guerre de Troie. Il prit enfin la parole.

« Hébé, ma fille, tout t'accable : tes blessures aux mains et aux pieds, ta tunique déchirée, ton poignard taché de sang, le cadavre de l'Hécatonchire, le témoignage d'Iris et d'Hermès. Qu'as-tu à dire pour ta défense ? »

Malgré son impassibilité, il paraissait attendre une réponse de sa fille, un élément définitif qui l'innocenterait. Hébé lut cela dans son regard et demeura silencieuse. Elle jeta des coups d'œil à la dérobée sur toute l'assemblée des dieux réunie autour d'elle. Ils étaient graves et imposants. Elle chercha Héraclès, mais il n'était pas là.

Comme elle regrettait à présent la quiétude des banquets où elle n'avait qu'à servir la précieuse boisson des immortels ! Elle avait outrepassé ses droits, et elle allait en payer le prix.

Ils étaient là, Arès, Hermès, Athéna, Poséidon et les autres, ceux qui d'ordinaire lui paraissaient gentils, amusants ou ridicules. Ils avaient tous le visage sévère, fermé.

« Bien, reprit Zeus de sa voix qui faisait vibrer tout le palais céleste. Nous pouvons considérer que ma fille Hébé est coupable d'avoir tué l'un des Hécatonchires, gardien des prisonniers du Tartare. Cela ne doit plus être mis en question. »

Hébé frémit en repensant à cet énorme cadavre, hérissé d'une centaine de bras et d'une cinquantaine de têtes ; toutes avaient le regard vide des morts. Elle revoyait cette masse de chair désertée par la vie, à la fois flasque et coriace, ces membres inertes, ces yeux révulsés. Elle se rappelait les blessures qu'elle avait infligées au ventre du géant, sortes de zébrures violacées dont le bord était sali de sang caillé. Oui, elle était bien coupable.

« Il nous reste à fixer le châtiment de cette meurtrière. Afin d'y parvenir, nous devons déterminer la raison pour laquelle elle a commis ce crime. Car elle n'a pas simplement assassiné un être vivant, un allié, un ami de longue date. Elle a supprimé celui qui tenait à l'écart nos ennemis mortels, les Géants [1]. Nous pouvons donc la soupçonner de trahison. »

Le ton de Zeus demeurait calme, mais Hébé savait que ces mots lui déchiraient le cœur. Plusieurs dieux

---

1. Les dieux ont en effet affronté les Géants pour la domination de l'Olympe. Dans la mythologie grecque, cet épisode porte le nom de « gigantomachie ».

demandèrent à prendre la parole. Arès, son cher frère, parla le premier. Il bomba son poitrail cuirassé de métal, caressant d'une main négligente l'un de ses monstrueux chiens.

« Pour moi, fit-il, il n'y a pas de doute. Hébé depuis toujours nous hait de toutes ses forces. Elle ne supporte pas sa condition et veut se venger de nous. Combien de fois l'ai-je surprise à me lancer des regards haineux ? Il n'y a pas à douter qu'elle est une traîtresse. Elle pense probablement que les Géants lui assureront une place digne de son rang ! »

Un frémissement parcourut l'assemblée des dieux. Hébé sentit sa gorge se serrer jusqu'à l'étouffer. Si le procès continuait sur cette lancée, elle risquait l'enfermement au Tartare.

« Mais je pense, reprit Arès avec son éloquence de soudard [1], qu'elle est jeune et qu'on peut lui accorder une faveur. Lorsque le héros Cadmos a tué le dragon qui gardait ma source, il a été condamné à huit années de servitude sous mes ordres ! »

Athéna intervint :

« Arès, nous t'avons entendu et nous saisissons tes paroles, mais peux-tu nous dire précisément le châtiment que tu préconises contre la coupable ?

— Je dis qu'elle doit être condamnée à la servitude auprès de l'un d'entre nous pour une période de huit ans !

---

1. Guerrier brutal et grossier.

— Mais c'est une déesse, Cadmos n'était qu'un homme ! protesta Athéna.

— Avant d'accéder à la divinité, Héraclès était un héros, un demi-dieu, glissa sobrement Hermès, mais il a expié le meurtre d'Iphitos et je l'ai vendu comme esclave. Il pourrait confirmer le fait s'il était parmi nous aujourd'hui. »

Poséidon, à son tour, ouvrit la bouche :

« Il ne s'agit pas que d'un meurtre. Il y a soupçon de trahison. Dois-je rappeler que, quand Apollon et moi-même avons tenté d'enchaîner Zeus, nous avons été punis en travaillant pour le mortel Laomédon : c'est sous ses ordres que nous avons construit les murailles de Troie. »

Tout le monde se mit à parler en même temps, et Zeus dut élever la voix pour les faire taire.

« Faites silence ! Hommes, dieux ou héros, nous appartenons tous à la même chaîne et la justice s'applique également à tous les maillons. J'ai entendu vos raisons et je vais donner mon verdict. Attendu qu'Hébé [1] a tué et qu'elle est soupçonnée – sans preuve formelle – d'avoir trahi les Olympiens, étant donné les peines que j'ai prononcées jadis dans des conditions similaires, je condamne Hébé à être déchue de son rang de déesse et à servir le roi de Rhodes pendant sept années ! J'ai dit ! »

1. Étant donné qu'Hébé.

Zeus leva la main pour signifier que la séance était levée. Les dieux quittèrent leurs trônes d'or. Arès, en passant, jeta à la proscrite [1] un regard narquois. Il avait habilement manœuvré pour obtenir un châtiment terrible et juste. Le souverain des dieux s'éloigna sans même tourner les yeux vers elle. Hébé demeurait interdite, secouée par la décision, soulagée de ne pas être envoyée dans le Tartare.

Elle quitta le palais olympien qu'elle avait le matin même arpenté en toute innocence. Tout s'était passé si vite ! Elle sentit la main d'Hermès se refermer doucement sur son bras.

« Viens, ma sœur, dit-il à voix basse. Nous partons pour l'île de Rhodes. »

1. Celle qui est jugée hors la loi et condamnée au bannissement.

Chant 5
Démodocos

Niréus s'éveilla, la tête lourde de sommeil et de rêves. Il était étendu dans le large lit, le corps à peine couvert des draps de laine. La chaleur était forte sur le palais. Il reprit peu à peu conscience de l'endroit où il se trouvait et se redressa lentement.

Une femme le regardait en silence. Elle était belle avec ses cheveux noirs et très bouclés, son visage fin et son large front. Elle ressemblait à la reine de Lemnos.

« Tu cries dans ton sommeil, guerrier », lui dit-elle d'un air tendre.

Un peu étonné, Niréus tendit la main et voulut lui caresser la joue. Soudain, les souvenirs lui revinrent ; il retint son geste. Le sourire de la jeune femme chavira. Ses yeux se teintèrent d'une profonde tristesse.

« Pardonne-moi, balbutia Niréus. Je ne comprends pas... »

Il repensait à l'impression qu'il avait ressentie quand il l'avait embrassée, cette saveur de feuilles mortes, ce toucher putride.

« Moi, je comprends, fit-elle. C'est la malédiction d'Aphrodite qui poursuit son œuvre. Même toi, avec ton visage balafré, tu me repousses.

« De quelle malédiction parles-tu ? » s'enquit Niréus, qui sentait le désespoir de la jeune femme.

Alors elle lui raconta comment les habitantes de Lemnos avaient négligé le culte d'Aphrodite, n'entretenant pas ses temples, ne nourrissant pas ses prêtres, ne lui offrant pas de sacrifices. La déesse de la Beauté et de l'Amour s'était mise en colère et avait décidé de se venger de celles qui lui accordaient aussi peu d'attention. Elle les avait frappées de sa malédiction : dès qu'un homme les touchait, s'approchait d'elles, les caressait ou les embrassait, il était assailli par des sensations morbides et avait l'impression de toucher un cadavre. Les hommes de Lemnos avaient délaissé leurs femmes. Ils étaient allés chercher des captives et des étrangères, et ne s'étaient plus mariés qu'avec elles. Les Lemniennes étaient entrées dans une rage meurtrière ; unies par la malédiction qui les accablait toutes sans distinction, de l'esclave à la reine, elles avaient décidé de se venger des hommes. Une nuit, toutes en même temps, elles les avaient massacrés. Une seule femme avait renoncé à tuer son mari : la reine de Lemnos. Elle l'avait déguisé et emmené jusqu'à la plage pour qu'il embarque. C'est ainsi qu'il avait été sauvé.

La reine avait décrété qu'elles tueraient tous les hommes qui débarqueraient sur leur île et qui refuseraient de s'unir à elles, car la malédiction d'Aphrodite était toujours valide et n'épargnait pas non plus les filles des Lemniennes.

« C'est pour cette raison que l'on ne voit guère d'hommes par ici », conclut la jeune femme, la tête basse.

« Mais alors, dit Niréus, si je comprends bien, je devrais être mort ? »

La jeune femme releva sur lui des yeux profonds et tristes.

« Oui », répondit-elle simplement.

« Pourquoi puis-je me réveiller en vie après cette nuit ?

— Cette nuit ? releva la jeune femme avec un pauvre sourire. Mais tu dors dans cette chambre depuis trois jours et trois nuits ! »

Niréus sauta du lit, s'éloignant d'elle. Il était à la fois surpris et effrayé. Avait-il été victime d'un prodige ?

« Ne crains rien, guerrier. Il ne peut rien t'arriver. Depuis trois jours, je fais croire à tout le palais que nous dormons ensemble.

— On te croit donc sur parole ? Et si quelqu'un entrait ? » questionna Niréus.

La jeune femme se redressa, le port altier [1].

« Je suis la fille de la reine de Lemnos. Lorsque je parle, les Lemniennes m'écoutent et me croient ! »

Niréus avait à présent une fière princesse devant lui. Il eut honte de ses questions.

« Mais alors ? Pourquoi me sauver ? »

---

1. Fier.

La princesse secoua la tête. Quelques larmes perlaient déjà à ses paupières.

« Je voulais te tuer la première nuit, après avoir vu le regard d'horreur que tu as posé sur moi, mais je t'ai observé pendant que tu dormais. Je voyais ton profil, celui qui n'est pas barré d'une cicatrice, et tu étais d'une telle beauté que je n'ai pu m'empêcher d'être émue. Et puis, tu as rêvé de batailles, de duels, de morts. J'ai vu combien tu avais souffert, combien tu détestais les combats. J'ai compris que tu revenais de Troie et je n'ai pu m'empêcher de t'aimer. Depuis trois jours, je te regarde et je t'écoute. Depuis trois jours, je suis sous ton emprise. »

En faisant cet aveu, elle se cacha le visage dans les mains. Niréus voulut la consoler, mais il ne put s'approcher. Les sensations lui revenaient, écœurantes. Il repensa à la fiole confiée par l'aède. Il alla chercher l'objet dans un coin de la pièce. Le prince constata avec soulagement qu'elle ne s'était pas brisée lors du choc.

Luttant contre sa répulsion, Niréus revint vers la princesse. Il lui saisit doucement une main et y glissa le flacon. Elle leva sur lui un visage stupéfait, et le guerrier lui sourit en retour.

« Cette fiole devrait te permettre de te faire aimer de l'homme que tu voudras », promit-il en espérant ne pas se tromper.

Le héros continuait de sourire malgré le contact de la peau blanche qui lui soulevait le cœur. La princesse ne le remercia pas, mais ses yeux parlaient pour elle. Elle prit la fiole et, battant des cils, lui déclara :

« Je ne peux pas me faire aimer de toi. C'est la volonté des dieux, et les pauvres mortels que nous sommes ne peuvent aller contre les dieux. En revanche, je peux te sauver ; cela est du ressort d'une princesse lemnienne. »

Niréus voulut parler, mais elle le fit taire d'un doigt sur la bouche.

« Tu vas quitter le palais et marcher jusqu'à la plage où l'on t'a trouvé. Là, un navire de pêcheurs t'attendra. Embarque avec eux et pars. »

Elle le repoussa doucement tout en lui glissant à son tour un objet dans la main : un poignard.

« Ma mère a sauvé un homme du massacre. Elle a trahi son peuple. Aujourd'hui, je fais de même. Va-t'en avant que je ne change d'avis ! »

Incapable de parler, Niréus passa la tunique qu'on lui avait donnée. Avant de franchir le seuil de la porte, il jeta un dernier regard à la princesse, si repoussante et si belle.

Puis le héros sortit.

Niréus parcourut les longs couloirs du palais, touchant à peine les dalles du sol tant il allait vite. Il quitta la demeure de la reine de Lemnos. Personne ne l'arrêta. Il ne fit nulle rencontre, comme si la princesse avait tout arrangé pour qu'il eût la voie libre.

Le guerrier traversa la petite ville déserte, le marché solitaire, et atteignit le bois d'oliviers. Le rayonnement du soleil était puissant, et Niréus fut content de s'abriter à l'ombre. Il marcha tout droit jusqu'à la plage.

Un petit navire l'attendait, voiles déployées. Les pêcheurs le saluèrent d'un hochement de menton lorsqu'il prit place à bord. Niréus leur souhaita le bonjour. À peine eut-il parlé qu'il entendit dire :

« Oh, n'est-ce pas la voix de notre fier marchand ? »

Il se retourna et se retrouva face à Démodocos, l'aède aveugle.

*
* *

Niréus fut agréablement surpris par le comportement de l'aède. Il pensait que ce dernier allait le harceler de questions, l'accabler de conseils, se moquer de lui, mais l'homme n'en fit rien. Au lieu de cela, l'aveugle demeura à l'autre bout du navire, accordant sa lyre et en tirant des mélodies envoûtantes.

Le voyage dura trois jours, trois jours au cours desquels régna à bord un silence de plomb. Les pêcheurs, hommes rudes et peu bavards, ne parlaient que quand on les interrogeait. Ils se comprenaient d'un regard pour virer de bord, hisser les voiles ou lancer les filets.

La seule réponse que Niréus put obtenir d'eux fut celle de leur destination. Les pêcheurs se rendaient à l'embouchure du Caïque, un fleuve de Mysie. C'était là qu'ils déposeraient leurs passagers.

Le reste du temps, Niréus songeait à son île de Symé, qui l'attendait, et au visage de la princesse de Lemnos, embelli encore par le souvenir. Il restait allongé sur le pont, contre le mât pour ne pas déranger les pêcheurs, à regarder le ciel bleu intense. Il en oubliait presque la présence de l'aède, dont la musique se mêlait au murmure du vent, au chuchotement des vagues.

*
* *

Ce fut au moment de débarquer sur les terres de Mysie, au sud de Troie, que Démodocos vint vers Niréus.

« Puisque nous voyageons ensemble, commença-t-il, pourquoi ne pas poursuivre ensemble ? Où comptes-tu te rendre à présent ? Si tu vas chez un roi, je te supplie de me laisser t'accompagner. »

Niréus avait eu le temps de réfléchir à la question. Il connaissait le roi de Mysie, Teuthras, dont le royaume commençait à l'embouchure du Caïque. Il avait avec lui des relations anciennes, nées de la guerre. Il annonça son intention à Démodocos.

« Tu veux aller jusqu'au palais de Teuthras ? Mais c'est à cinq jours de marche, pour un aveugle comme moi ! J'espère que tu le connais bien et qu'il t'accueillera magnifiquement. »

Niréus acquiesça. Démodocos risquait de le retarder sur la route, mais sa présence était agréable et discrète. Il s'était coiffé du chapeau des voyageurs, rond à large bord, et équipé d'un lourd bâton.

« Pour guider mes pauvres pas », expliqua-t-il.

Niréus ne le croyait qu'à moitié. L'aveugle avait souvent des gestes vifs et assurés. Il le prouva quand il alla trouver des paysans et leur acheta deux vieux chevaux blanchis sous le harnais. Il revint vers Niréus, la barbe élargie d'un sourire.

« Ainsi, nous ne mettrons que trois jours pour gagner le palais de Teuthras, dit-il avec malice.

— Mais où as-tu trouvé l'argent pour payer ces montures ?

— La reine de Lemnos sait être généreuse », éluda-t-il [1].

Ils partirent à travers les plaines mangées par les feux du soleil. C'étaient de vastes étendues presque désertiques. Ils dormirent à la belle étoile et durent allumer un feu pour ne pas périr de froid car toute la chaleur s'envolait dans le ciel noir. Démodocos se révéla un compagnon de voyage fort agréable. Quand il ne chantait pas de sa voix douce, il racontait mille et une histoires de héros ou de dieux.

Le deuxième soir, ils entrèrent dans une forêt qui leur apporta une fraîcheur apaisante. Ils s'installèrent

1. Répondit-il sans s'étendre sur le sujet.

pour la nuit à flanc de montagne. Ils écoutaient le feu craquer joyeusement quand Démodocos se redressa.

« As-tu entendu ?

— Non, fit Niréus. »

L'aède se détendit.

« J'ai dû me tromper. Dis-moi, Niréus, si c'est là ton véritable nom, ne penses-tu pas qu'après deux jours de voyage il serait temps de faire les présentations ? Demain soir nous arriverons chez Teuthras et nous nous connaîtrons à peine mieux qu'avant. »

Comme Niréus restait muet, l'aède ajouta :

« À ta guise, c'est donc moi qui vais me présenter. Je répondrai à toutes tes questions. Comme la reine de Lemnos a dû te le dire, je suis aède itinérant. J'ai joué à la cour des Phéaciens, et aussi à la cour des Spartiates, devant la belle Hélène.

— Tu as joué devant Hélène ? s'étonna Niréus.

— Pendant quelques jours seulement, fit Démodocos avec une fausse modestie évidente. Tu veux savoir comment je suis devenu aveugle ? ajouta-t-il. C'est la faute des Muses, déesses des Arts. Elles se sont amourachées de moi au point de me donner le pouvoir d'émouvoir par mes chants le cœur des hommes. En contrepartie, elles m'ont privé de la vue.

— C'est une belle histoire, sourit Niréus. Dommage que je ne sois plus un enfant pour y croire.

— Tu as tort », répondit l'aède.

Il ne put poursuivre car une ombre venait de bondir devant le feu. À la lueur des flammes, Niréus reconnut un être à mi-chemin entre l'homme et le loup. Il se tenait sur quatre pattes, mais pouvait se dresser à volonté. Sa bouche était une gueule déformée par d'énormes crocs luisants de salive.

« Des Lycaons ! s'écria Niréus. J'en aperçois au moins trois ! »

Il dégaina le poignard offert par la princesse de Lemnos et se précipita sur le Lycaon le plus proche. La bête, qui n'avait pas vu l'arme, se jeta sur lui toutes griffes dehors. Niréus lui attrapa les bras et se laissa rouler sur le dos, entraînant avec lui son adversaire. Le Lycaon tomba sur le dos, étourdi. Niréus en profita pour lui plonger son arme dans la poitrine. La lame s'enfonça dans l'épaisse fourrure de la créature, qui poussa un hurlement de douleur et de rage. Dans un dernier spasme, le Lycaon s'immobilisa, mort.

Niréus se tourna avec inquiétude vers son compagnon. Démodocos avait saisi son bâton et maintenait les deux autres Lycaons à distance.

« À propos, dit-il d'une voix égale, as-tu utilisé la fiole que je t'avais confiée ?

— Non, répondit Niréus en se plaçant dos à l'aède. Je n'avais pas confiance en toi.

— Tu as eu tort. Cela t'aurait permis d'ignorer les effets de la malédiction. Comment crois-tu que j'aie pu quitter cette île ? »

Il frappa au vol un Lycaon qui s'élançait sur lui. La bête rugit et recula vers l'obscurité.

« Ils vont se méfier, maintenant qu'ils savent que l'aveugle sait se défendre et que le jeune homme est armé. »

Démodocos planta son bâton dans le sol, attendant de pied ferme la prochaine attaque.

« Alors, Niréus, quel malheur a pu te rendre assez méfiant pour ne pas vouloir confier ton nom à un pauvre aveugle inoffensif ?

— Je m'appelle bien Niréus, répondit le jeune homme aux aguets. Je ne suis pas marchand, mais guerrier achéen. J'étais devant Troie pour reprendre la belle Hélène. Je ne veux pas en parler. Ils reviennent ! »

Les deux hommes reprirent leur posture de défense. Trois autres silhouettes massives se profilaient autour du feu de camp. Niréus, tendu, sursauta lorsqu'il entendit Démodocos poursuivre la conversation comme si de rien n'était.

« Dans quel contingent servais-tu ? Qui était ton roi ? »

La main du jeune homme se crispa sur la garde du poignard.

« Je suis mon propre souverain, je suis prince de l'île de Symé. C'est là que je rentre, si tu veux tout savoir. »

Deux Lycaons leur sautèrent à la gorge en même temps. D'un moulinet de son bâton, Démodocos détourna l'attaque. Quant à Niréus, il réussit à blesser l'animal à l'encolure.

« Je m'étonne, reprit l'aède, à peine essoufflé. Comment as-tu pu survivre sans le secours de ma fiole ? As-tu réussi à dépasser la malédiction ?

— Veux-tu bavarder ou te battre ? » grinça le guerrier. Je doute que tu réussisses à endormir les Lycaons avec ta conversation soporifique [1].

« Cela ne nous empêche pas de nous montrer civils, rétorqua Démodocos. Si nous mourons cette nuit sans nous être présentés, nous le regretterons pour toujours aux Enfers. Alors, ajouta-t-il avec curiosité, qu'as-tu fait à la petite princesse pour qu'elle te laisse en vie ?

— J'ai dormi.

— C'est tout ? fit l'aède, déçu.

— C'est tout.

— Les femmes m'étonneront toujours », conclut Démodocos d'un ton admiratif.

Pendant cet échange, les deux Lycaons indemnes [2] s'étaient tournés vers le blessé et l'avaient égorgé à belles dents. Guidé par les bruits, Démodocos effectua un pas en avant, leva son bâton et l'abattit de toutes ses forces sur l'échine [3] d'un homme-loup. Il y eut un craquement sec, et l'arrière-train de la bête s'affaissa.

1. Assez ennuyeuse pour donner l'envie de dormir.
2. Sains et saufs.
3. Colonne vertébrale.

Pour ne pas être en reste, Niréus alla défier la dernière créature. Il se planta devant elle. Le Lycaon se détourna lentement, la gueule pleine du sang des entrailles de son congénère [1]. Il grogna et bondit sur le guerrier. Celui-ci lança un coup de poing brutal dans la gueule de la bête tout en se baissant. L'animal passa au-dessus de lui et tomba dans le feu. Les flammes prirent instantanément au pelage noir et le Lycaon partit telle une boule de feu en hurlant.

« Nous avons eu de la chance, fit Niréus en se penchant pour achever le Lycaon paralysé. Ces bêtes sauvages étaient affamées et affaiblies.

— Au moins, les présentations sont faites, fit Démodocos en le gratifiant d'une bourrade amicale. »

Avant que Niréus ait pu lui demander comment il parvenait à repérer ses adversaires, l'aède s'était couché et poussait des ronflements sonores.

---

1. Animal qui appartient à la même espèce que lui.

Chant 6
Le roi lépreux

Après une nuit sans alarme, les deux hommes se levèrent. Ils laissèrent sur place les corps des Lycaons. En pleine lumière, on pouvait voir à quel point ils étaient maigres. Ils devaient errer dans la montagne depuis des jours sans trouver de gibier.

Ils montèrent sur leurs chevaux épuisés et partirent, espérant arriver le soir au palais de Teuthras. Ils avaient à peine parcouru trois cents pas qu'ils remarquèrent le cadavre d'un autre Lycaon. Niréus l'examina sans descendre de monture. La créature avait été tuée à coups d'épée ; il y avait là les traces fraîches d'un homme, sans doute un chasseur. Le guerrier eut un air pensif.

« Pourquoi t'arrêtes-tu ? demanda Démodocos.

— Je croyais que mon cheval boitait », mentit Niréus.

L'aède secoua doucement sa tête coiffée du large chapeau de laine.

« Tu ne me fais toujours pas confiance, guerrier. »

D'un coup de talon, il fit avancer sa monture.

Ils chevauchèrent longtemps, remontant le fleuve dont on entendait le cours tumultueux derrière les arbres et les rochers. Ils grimpèrent doucement dans la montagne. L'éclat du soleil semblait plus cru dans le ciel sans nuages. Il monta jusqu'au zénith, et commençait à redescendre lorsqu'ils furent enfin proches du palais de Teuthras.

« Je suis curieux de connaître le lieu où loge le roi de Mysie, dit enfin Démodocos. Il paraît que c'est un site extraordinaire. Comment l'as-tu connu ?

— Je t'ai déjà dit que cela datait de la guerre de Troie, répondit Niréus.

— À ce qu'il me semble, le roi de Mysie était allié des Troyens, et non pas des Achéens, remarqua finement l'aède. Or tu combattais du côté achéen, si je ne me trompe. »

Niréus se tourna vers lui avec mauvaise humeur.

« Est-ce que tu vas m'interroger longtemps, aède ? fulmina-t-il [1].

— Jusqu'à ce que tu me répondes, guerrier », répliqua tranquillement l'intéressé.

*
* *

La course du char du soleil déclina jusqu'au soir. Alors, dans l'ombre qui descendait sur la montagne, dans la lumière rasante du crépuscule, Niréus aperçut

1. Se fâcha-t-il.

le palais de Teuthras. C'était un immense pic rocheux, comme une dent de Géant dressée vers le ciel. La pierre était creusée d'ouvertures qui figuraient des fenêtres ; des rampes, des escaliers, des balcons étaient sculptés dans le roc. Dans les lumières orangées du couchant, le palais de Teuthras était une apparition fantastique.

Démodocos s'était approché et avait posé une main sur l'épaule de son compagnon de voyage.

« Il paraît que ce sont des démons, les Dactyles, qui ont bâti ce palais pour Teuthras en creusant dans la montagne, dit-il. Décris-moi ce que tu vois, Niréus. »

Niréus s'exécuta avec des mots précis, presque militaires, mais cela ne pouvait rendre justice à cet étonnant paysage. Il essaya de parler des statues qui portaient les balcons, des colonnes façonnées à même le granit ; il voulut évoquer les jeux d'ombre et de lumière sur la face occidentale du pic, qui formaient des dessins étonnants, des arabesques sans fin ; il n'y parvint pas. Finalement, resserrant son étreinte sur son épaule, Démodocos lui signala qu'il en savait assez.

Les deux hommes repartirent. Ils suivirent un chemin qui serpentait entre deux précipices. C'était comme s'ils avançaient sur le sommet d'une muraille. Des rebords avaient été aménagés afin qu'on ne tombe pas. Plus bas, autour, c'était le vide vertigineux. Niréus prenait garde à demeurer au milieu de la route, les yeux fixés sur le sol. Il remarqua qu'on avait gravé dans la roche des semblants de pavés.

Ils arrivèrent enfin devant des colonnes démesurées qui encadraient une lourde porte de marbre. Celle-ci aurait pu laisser passer Zeus en personne sans qu'il courbât la tête. Un soldat à l'armure grise montait la garde. Il leur fit signe de mettre pied à terre. Les deux hommes s'exécutèrent.

« Nous venons rendre visite au roi Teuthras, annonça Niréus.

— Attendez ici, un serviteur va venir vous parler. »

En effet, quelques instants plus tard, les portes gigantesques s'ouvrirent sans un bruit et un serviteur chargé de bijoux s'avança vers eux, amical.

« Ce sont les dieux qui ont guidé vos pas jusqu'à la demeure de l'illustre Teuthras. Qui sont les voyageurs de marque qui viennent chercher ici l'hospitalité ? »

L'homme parlait haut tout en passant les mains sur sa bedaine. Il était maquillé, vêtu de soies précieuses, le cheveu frisé par le fer.

« Je suis Niréus, prince de Symé, ami du roi Teuthras. Je voyage avec le fameux aède Démodocos qui a chanté à la cour de la belle Hélène. »

Le serviteur s'inclina autant que le lui permettait son ventre rebondi.

« Mon seigneur et maître sera ravi de vous accueillir dans sa demeure de pierre. »

Ils laissèrent leurs chevaux au garde et suivirent le serviteur. Derrière eux, les portes monumentales se refermèrent.

« Ne vous étonnez pas de ce que vous allez voir en ces lieux. Tout est l'œuvre des Dactyles. Ils ont non seulement bâti le palais que vous voyez, mais ils l'ont également aménagé, meublé, décoré.

— Vos vêtements semblent bien lourds, remarqua Démodocos qui dressait l'oreille.

— Effectivement, sourit le serviteur. Le noble Teuthras a voulu que tout ce que renfermerait son palais fût tiré des profondeurs du sol. Les tissus que nous portons sont faits de fils d'or, d'argent ou de bronze. »

Niréus remarqua que sa tunique tenait plus de la cotte de mailles que de la fibre de laine. Partout où il posait les yeux, il apercevait de nouveaux prodiges. Les tapis étaient modelés dans la pierre, de même que les tentures. Les meubles ne pouvaient être déplacés car ils appartenaient de plain-pied à la montagne [1].

Le pic était presque entièrement creusé. Des plans le traversaient horizontalement, eux-mêmes percés d'escaliers en colimaçon, de passerelles suspendues.

Les premiers niveaux étaient sommaires, sévères, dépouillés. Dès qu'ils arrivèrent dans les étages supérieurs, l'ocre omniprésente de la pierre se corrigea de touches de pierres précieuses. Ils traversèrent une salle chargée d'émeraudes. Des frises sculptées faisaient le tour de la pièce, laissant apparaître des scènes mer-

1. Les meubles étaient sculptés à même la roche montagneuse.

veilleuses sur les murs. Les morceaux étaient si finement ciselés qu'on aurait cru de la peinture.

De temps à autre, le serviteur se tournait vers eux fièrement, comme pour souligner la rareté du spectacle. Il présentait les salles, détaillant avec complaisance les pierres précieuses qui ornaient les parois.

Deux nouveaux battants se dressèrent encore devant eux.

« Derrière ces portes d'argent, c'est la salle du trône où le roi Teuthras va vous accueillir », confia le serviteur avec un sourire tordu.

Il leva une main avant de pousser le battant.

« Je dois vous avertir que notre souverain a eu beaucoup à souffrir des dieux et que vous ne devez pas vous étonner de ses… sautes d'humeur… »

Sur ces mots, il ouvrit la porte en grand et annonça d'une voix tonitruante :

« Le prince Niréus de Symé et l'aède Démodocos ! »

Ils entrèrent dans une immense salle aux lourdes pierreries, aux frises d'ambre, de jaspe [1], de rubis et d'améthyste [2]. Avec toutes ces couleurs, étaient représentés sur les murs des scènes de chasse, des forêts, des montagnes et tous les dieux de l'Olympe. Une longue colonnade de piliers ouvragés, portant des guirlandes de fleurs en pierre, conduisait à une fontaine.

---

1. Pierre fine opaque et très dure.
2. Pierre fine de couleur violet foncé.

Les deux hommes s'avancèrent entre les colonnes, parmi lesquelles attendaient des esclaves et des hoplites [1] aussi immobiles que des statues. En réalité, Niréus découvrit que la fontaine ne contenait pas d'eau mais que les jets étaient représentés par une matière semblable au diamant qui était incrustée d'éclats d'émeraude et de saphir. Cela donnait l'impression que l'eau ne cessait de couler.

« Décris-moi ce que tu vois, suppliait Démodocos. J'entends que tu as le souffle coupé. »

Niréus lui exposa ce qu'il avait aperçu au-delà de la fausse fontaine. C'était un trône fait entièrement de diamant irisé, où passaient des lumières aux couleurs subtiles. Là était assis le roi Teuthras.

C'était un vieil homme glabre [2] aux traits déformés par la lèpre. Il avait un œil entièrement obturé [3] par des lambeaux de chair blanchâtre. Niréus avait peine à reconnaître le roi qu'il avait rencontré huit années auparavant, alors que le mal n'avait pas tant progressé. Des cheveux blancs hérissés lui donnaient un air de dément. Teuthras leva une main squelettique.

« Qu'on nous laisse seuls ! » dit-il.

Sa voix, faible à l'origine, fut répercutée par les colonnes et les murs jusqu'à faire vibrer toute la salle

---

1. Soldats lourdement armés.
2. À la peau lisse, sans barbe.
3. Recouvert, bouché.

du trône. Alors, comme un seul homme, les gardes et les serviteurs firent un pas en avant et, après un quart de tour, partirent d'une même foulée.

Aussitôt les battants d'ivoire refermés, Teuthras poussa un ricanement.

« Approchez, mes amis, approchez. »

Il observa Niréus et sourit sous son masque de lèpre.

« Niréus, il y a bien longtemps. Je vois que la guerre ne t'a pas épargné. Elle t'a pris ta beauté. Les dieux sont impitoyables… Approche encore, que je te voie mieux… Là. Tu es un guerrier à présent. La première fois que nous nous sommes vus, tu n'étais qu'un enfant. »

Il parut apercevoir seulement l'aveugle, qui attendait patiemment en retrait.

« Mais qui est ton compagnon ? questionna le roi.

— Je suis Démodocos, aède itinérant, se présenta ce dernier en s'inclinant.

— Un aède ? Bien, bien… Que penses-tu de mon palais ?

— Les Muses, lorsqu'elles m'ont donné le don du chant, m'ont malheureusement ôté la vue.

— Vraiment ? Alors je vais te montrer de quoi nourrir tes chants pendant des années. Viens plus près que je distingue tes traits. Tu pourras ensuite explorer mon visage… »

Il jeta un œil brillant de malice vers Niréus. Celui-ci ne sut que faire. Si Démodocos touchait les chairs rongées, il risquait d'être victime de la même maladie. Il vit les mains de l'aveugle s'avancer lentement vers le visage lépreux du roi. Le temps parut s'éterniser. Le bout des doigts touchait presque la peau morbide.

« Arrête, ordonna simplement Teuthras. Je suis lépreux. »

Démodocos eut un imperceptible mouvement de recul, mais son visage demeura impassible.

« Un cadeau des dieux ! ricana Teuthras. Ils m'avaient frappé de folie également, comme si je n'avais pas eu assez de malheurs. Niréus, conduis ton ami jusqu'au mur nord. »

Le guerrier recommença à respirer. Il tendit le bras à Démodocos et le mena jusqu'à une paroi où il reconnut, gravés dans le roc, des épisodes de la vie du roi. L'aède posa ses mains sur les reliefs du mur. Il ne voyait pas la couleur des pierres, mais il devait sentir la différence de toucher entre le marbre et la turquoise.

« Ce sont les souvenirs de ma longue vie, expliqua Teuthras. Tu vois comment je poursuivis un jour un sanglier à la chasse, dans cette même montagne. L'animal se réfugia dans un sanctuaire d'Artémis, déesse de la Chasse et des Animaux sauvages. J'étais jeune alors et je n'ai pas hésité devant le sacrilège. Je me souviens que le sanglier semblait m'implorer avec une voix humaine. Je l'ai tué pourtant, percé d'un épieu. C'est pourquoi la déesse Artémis, que j'avais offensée, m'a frappé de folie et de cette sorte de lèpre. »

Le roi ne bougeait pas de son trône transparent comme du verre. Il parlait comme les vieillards sans souffle ; malgré tout, grâce à l'acoustique [1] de la salle, les deux hommes entendaient parfaitement ce qu'il disait. Ils passèrent au mur est.

« Là, tu vois comment les Dactyles ont construit ce palais. Par la magie, ils ont creusé ce pic où j'avais tué le sanglier. Ils y ont incrusté les pierres les plus précieuses, renonçant à tout ce qui ne provenait pas des profondeurs de la terre. Ils sont venus du nord de Troie. J'ai fait raconter leur naissance pour leur rendre hommage. »

Pendant que Teuthras parlait, Démodocos suivait l'histoire en touchant les frises qui reprenaient les épisodes les plus saillants de l'histoire du roi.

« N'en dis pas plus, noble roi, intervint l'aède. Je vois sous mes doigts que la déesse qui enfanta les Dactyles enfonça tant ses mains dans le sol, au moment de l'accouchement, qu'elle y laissa une profonde trace. C'est pourquoi les Dactyles sont dix et sont nommés les Doigts.

— C'est cela ! applaudit Teuthras. Tu peux passer au mur sud ! »

Niréus examina la représentation murale. Les Dactyles étaient des démons assez petits et trapus. Leur

1. Configuration de la pièce qui permet une très bonne diffusion des sons.

peau était plissée et parcourue de stries élaborées. Ils portaient sur la tête un étrange casque d'onyx[1] dont l'aspect lisse contrastait avec leur derme accidenté. Ils avaient un corps cylindrique, sans cou, et leurs bras ainsi que leurs jambes étaient ridiculement atrophiés[2].

Le prince s'arracha à son observation en entendant que Teuthras poursuivait le récit de sa vie.

« À cause de mon infirmité, je n'ai jamais eu d'enfants, disait le vieillard en chevrotant légèrement d'émotion, même si la colère de la déesse Artémis s'est légèrement adoucie avec le temps et que j'ai recouvré la raison. Un jour, une femme vint à mon palais, enceinte. Son père l'avait rejetée car il craignait qu'elle ne mette au monde un enfant qui attenterait à sa vie. Elle a accouché dans ce palais d'un petit garçon qu'elle nomma Télèphe. Ah, Niréus ! Dès que je vis ce nourrisson braillard et fort, je décidai de l'adopter. Il grandit au palais. J'en fis mon héritier. Il épousa la plus belle femme de Mysie, plus belle encore qu'Hélène. Ils eurent des enfants. J'étais heureux. Je voyais enfin ma descendance assurée. Hélas… »

D'un geste vague, il désigna le quatrième et dernier mur, tourné vers l'occident.

« La guerre commença. Les Achéens débarquèrent ici en croyant être devant Troie. Télèphe et son épouse

---

1. Pierre fine caractérisée par ses multiples rayures, souvent de teinte sombre.
2. Abîmés, diminués.

coururent au-devant des assaillants. Les Achéens avaient deux chefs : Achille au pied léger, le premier, blessa Télèphe ; le second tua sa femme. »

Teuthras se tourna vers le jeune guerrier.

« C'était toi, Niréus, ce second guerrier. Je ne sais pas ce qui a le plus touché Télèphe, la perte de sa femme ou sa plaie à la cuisse. Les deux blessures restèrent inguérissables. Télèphe mourut quelques années plus tard. Leurs enfants partirent, s'éparpillèrent dans le monde... »

Le roi s'interrompit, bouleversé, faisant signe à Niréus de poursuivre. Ce dernier déglutit avec difficulté ; il avait la bouche si sèche que les mots semblaient coller à son palais.

« L'un des fils de Télèphe vint à Troie pour venger ses parents, raconta le prince d'une voix sourde. Achille, qui avait blessé Télèphe, était déjà mort au combat. Il ne restait plus que moi. Le fils m'a défié devant les remparts de la ville ; il s'était engagé dans les rangs des Troyens. Nous nous sommes affrontés pendant une journée entière. Nous étions du même âge et de la même force. Longtemps le combat fut indécis. Finalement, je réussis à briser son bouclier et à percer son armure. Il expira devant moi. Alors que je me penchais sur lui, il réussit dans son dernier souffle à lever son épée et à me frapper au visage... C'est de lui que je tiens ma cicatrice. »

Démodocos hocha la tête, grave. Les souvenirs chagrins planaient dans la pièce comme des oiseaux de mauvais augure. Le silence qui suivit ce récit s'éternisa.

Soudain, une porte s'ouvrit et une esclave entra. Quoiqu'un peu petite, elle était d'une beauté stupéfiante, le cheveu blond et bouclé, le visage lisse, les yeux bleu outremer. Son pied nu effleurait à peine les dalles dessinées sur le sol.

Les trois hommes se tournèrent vers elle, comme figés par son arrivée. Un doux parfum de fleur l'accompagnait. Elle portait un grand vase rouge et noir pour mélanger le vin. La divine apparition traversa la salle, légère, et trébucha tout à coup sur une dalle mal taillée.

Le charme se rompit quand le vase se fracassa. Hébétée, l'esclave se releva et lissa sa robe. Elle paraissait plus fâchée que honteuse. Niréus ne put retenir un sourire. La ravissante jeune femme l'aperçut et le foudroya du regard.

« À qui avons-nous l'honneur ? » s'enquit Démodocos.

Teuthras soupira avec bienveillance. Comme un enfant, il avait instantanément oublié les douloureux souvenirs qu'ils venaient d'évoquer. Il appuya sa tête sur son coude.

« C'est une servante qu'un ami de Rhodes m'a offerte. Il m'a dit qu'il me faisait là un cadeau digne des dieux. Je crains qu'il ne m'ait menti. »

Le roi s'adressa alors à la servante :

« Qu'attends-tu pour nettoyer ces débris, demanda-t-il patiemment, et pour aller nous chercher un autre vase, Alexiarès ? »

L'esclave sortit en lançant à Niréus un dernier regard noir.

Chant 7
Le naufrage du cap Capharée

Sous sa barbe autoritaire, son air perpétuellement sévère, Zeus était triste. Depuis qu'il avait exilé sa fille Hébé parmi les mortels, il était souvent distrait, et plusieurs dieux l'avaient surpris à pousser de profonds soupirs lorsqu'il se pensait seul. Il tendit sa coupe d'or au superbe garçon qui lui versa le nectar. Le maître de l'Olympe soupira encore.

« Père ? »

C'était Athéna qui l'interrogeait. La déesse éternellement casquée et armée le regardait d'un air patient et sérieux. Zeus retrouva toute son attention et se redressa dans son trône doré.

« Je t'écoute, ma fille. Dis-moi quel est le destin des guerriers de Troie. Car il faut bien que cette affaire s'achève. Dix années m'ont suffi.

— Eh bien, avança Athéna, ce n'est pas tout à fait fini, père.

— Explique-toi, dit le roi des dieux en fronçant les sourcils.

— Les guerriers achéens rentrent chez eux, mais ton frère Poséidon ne cesse d'intervenir dans le destin d'Ulysse aux mille tours. Il le poursuit et déclenche des tempêtes pour l'empêcher de rentrer à Ithaque. »

Zeus gronda, et les colonnes de la demeure des dieux vibrèrent.

« Pour quelle raison ?

— Il l'accuse d'avoir aveuglé l'un de ses enfants, le Cyclope Polyphème. »

L'Assembleur de nuées songea un instant.

« Je lui parlerai, décida-t-il. Continue.

— Une grande partie de la flotte achéenne a fait naufrage vers le cap Capharée. »

Zeus Tonnant se caressa doucement la barbe.

« Un dieu partisan des Troyens aurait-il osé provoquer une tempête et contrevenir à tous mes ordres, ma fille ?

— Non, père, répondit l'intéressée. Il y a là un fait étrange que je voulais évoquer avec toi. Il semble qu'un homme ait allumé, sur le cap Capharée, un grand feu. La flotte a cru être à proximité d'un port et a dirigé sa course vers les récifs, sur lesquels elle s'est fracassée.

— Tu penses que ce n'est pas un accident, n'est-ce pas ? »

Athéna acquiesça, raide.

« Cela mérite une enquête. Il se pourrait qu'on essaye de tuer les guerriers achéens qui rentrent de Troie. »

Ils passèrent encore en revue le reste de l'armée achéenne. Agapénor avait fait naufrage à Chypre, et

Gounéus sur la côte de Libye ; Mégès, grièvement touché, avait succombé à ses blessures pendant le voyage du retour ; le vieux Nestor était rentré à Pylos, où il avait retrouvé sa femme, toujours vivante. Zeus écouta ce catalogue avec ennui. Pour l'heure, il ne semblait pas qu'il faille s'inquiéter. La guerre de Troie était bel et bien finie.

« Il reste encore Niréus. Poséidon a fait couler sa dernière nef parce qu'il avait oublié de lui offrir un sacrifice en quittant Troie.

— Niréus ? fit Zeus en levant un sourcil broussailleux.

— C'était le chef du contingent de l'île de Symé. Il était venu avec trois navires.

— Seulement ? Nous… nous en reparlerons plus tard », fit le roi des dieux avec un geste d'impatience.

À cet instant, un pas lourd résonna dans la demeure des Olympiens. On vit entrer Héraclès, furibond. Dans son emportement, il heurta une colonne d'un coup d'épaule. Celle-ci vola en éclats de marbre qui s'éparpillèrent sur le sol.

La barbe de Zeus trembla, signe de contrariété. Il leva deux doigts et les débris glissèrent lentement pour se rassembler et retourner à leur emplacement initial. La colonne se reforma peu à peu, comme si elle n'avait jamais été brisée.

Le roi des dieux observa son fils. Celui-ci était immense, musculeux, chevelu, barbu, velu, le poil noir.

Il persistait à se coiffer d'une peau de lion qui sentait la charogne et la sueur. Le gourdin qu'il portait sur l'épaule complétait le tableau d'un héros sauvage et brutal.

« Que me vaut cette entrée fracassante, mon fils ?

— Père ! » rugit Héraclès.

On sentait qu'il se contenait pour ne pas hurler des injures.

« Père ! répéta-t-il à peine plus doucement. Où est Hébé ? Je reviens à peine de mission en Hyperborée et j'apprends qu'on l'a jugée et condamnée ! Où est-elle ?

— Tu ne le sauras pas, Héraclès, rétorqua Zeus. J'ai interdit qu'on te le dise. Je sais combien tu tiens à Hébé. C'est pour cette raison que je te défends même de la voir tant qu'elle n'aura pas expié le meurtre de l'Hécatonchire. Me comprends-tu ? »

Les sourcils de Zeus exprimèrent la sévérité la plus implacable. Héraclès dut baisser les yeux.

« Tu aurais dû m'envoyer à la place d'Hébé, grogna Héraclès. Elle est si frêle…

— Cela ne sera pas, mon fils. Elle est condamnée à sept années de servitude. Pour nous autres Olympiens, cela passe en un souffle. Voilà déjà plusieurs mois qu'elle purge sa peine. Maintenant, va. »

Héraclès renifla et repartit de son pas lourd. Il frôla une nouvelle fois la colonne qu'il avait brisée en entrant. Elle vibra mais ne se cassa pas. Zeus congédia également Athéna, qui attendait son bon vouloir.

Une fois seul, il but d'une traite sa coupe de nectar. Il s'en sentit à peine ragaillardi. Il fit venir le garçon, qui lui versa une seconde coupe.

« Ces enfants seront ma perte », murmura-t-il avant de boire.

Puis le roi des dieux soupira encore une fois.

Chant 8
Satyres et Alséides

Teuthras retint ses invités trois mois entiers. À chaque fois que Niréus venait le voir pour prendre congé, le roi gloussait de façon inquiétante et détournait la conversation. En général, il proposait au guerrier une partie de dés, sa passion. Il possédait des dés en ivoire incrustés de bronze vert.

« Je les ai fait tailler dans les défenses du sanglier qui m'a valu ceci », disait-il en montrant son visage.

D'autres fois, Teuthras affirmait vouloir entendre tous les chants que connaissait Démodocos. Or celui-ci pouvait improviser des jours sur le moindre épisode de l'épopée la plus obscure, passant par exemple des heures à décrire le casque d'un héros.

Niréus prenait son mal en patience. Il savait qu'il voulait rentrer à Symé, mais il n'y avait pas urgence. L'île ne disparaîtrait pas en son absence. En revanche, il avait peur des complications qu'allait occasionner son retour. Certains de ses hommes seraient sans doute là, guettant le moment où il voudrait monter légitimement sur le trône.

Le prince pensait à tout cela, étendu sur le lit de sa chambre. Il devait s'avouer qu'il goûtait un repos certes forcé, mais bien agréable. Un bruit le tira de ses rêveries. Curieux, il se leva en maudissant les matelas de sable et de poudre d'or qui étaient si peu confortables.

Le guerrier alla sur le balcon suspendu dans le vide et dressa l'oreille. Plus aucun bruit. Il laissa son regard errer sur le flanc boisé des montagnes, se demandant comment il allait occuper sa journée, quand un craquement lui fit lever la tête.

Il eut à peine le temps d'apercevoir un énorme rocher qui lui tombait dessus. Il se rejeta en arrière. La roche s'écrasa sur la corniche avec un fracas épouvantable. Le surplomb commença à se briser à son tour. Niréus roula vers l'intérieur du pic et attrapa l'extrémité d'un tapis. Pour la première fois, il se félicita qu'il fût tressé de fils d'or et d'argent. Le balcon s'écroula derrière lui, et il resta à battre des pieds dans le vide. Il resserra sa prise sur les fibres métalliques et se hissa dans la chambre à la force des bras.

Un serviteur était déjà là, stupéfait, balbutiant. Niréus inspira longuement et se redressa. Il ne voulait pas laisser à son agresseur le temps de s'enfuir. Bousculant l'esclave, il courut vers le couloir et prit les escaliers qui conduisaient à l'étage supérieur. Il monta les marches quatre à quatre, content de sentir enfin ses muscles au travail.

Il accéda à une passerelle et obliqua sur la gauche. Il avait repéré l'endroit d'où l'on avait détaché le rocher. À pleines foulées, il traversa le pic et entra dans la chambre. Il heurta de plein fouet une personne qui venait en sens inverse. Emporté par son élan, il ne put que saisir la personne à bras-le-corps et rouler à terre avec elle.

« Bas les pattes ! » fit une voix féminine.

Niréus ouvrit les yeux. La servante Alexiarès était allongée sur lui, ses cheveux tombant en fines boucles blondes lui caressaient le visage. Son joli minois était si proche qu'il sentait son haleine tiède et parfumée. Il se rendit compte alors que ses seins s'écrasaient sur sa poitrine, puis il remarqua le regard bleu et la lueur de colère qui y brillait. Ses yeux s'arrêtèrent à peine sur sa balafre.

« Ce n'est pas parce que tu es prince et que je ne suis qu'esclave que tu peux tout te permettre ! s'emporta Alexiarès. Je suis au service de Teuthras et tu n'as aucun droit sur moi. »

Elle se releva maladroitement, s'appuyant tour à tour sur le ventre et le torse de Niréus, qui demeurait sans voix. Une fois debout, elle épousseta sa robe et se prépara à partir avec un air offensé.

Niréus bondit souplement et lui attrapa le poignet.

« Attends, Alexiarès. C'est un malentendu. Un rocher s'est détaché à ce niveau et je venais voir si je pouvais trouver le responsable… »

La servante laissa tomber un regard glacial sur la main qui la retenait. Niréus rougit et lâcha son poignet gracile. Alexiarès partit comme une reine, dans un froissement de sa tunique. Ahuri, Niréus la regarda s'en aller.

« Même les esclaves ont du caractère », remarqua une voix.

Niréus se retourna pour voir Démodocos qui s'était approché sans bruit. Le guerrier se releva, s'époussetant.

« Un rocher a failli me broyer, révéla-t-il.

— Et tu as couru te consoler dans les bras de la douce Alexiarès, compléta l'aède avec un grand rire. Pour vérifier que tu n'avais été blessé nulle part… »

L'aveugle s'avança et toucha le visage du jeune prince aux joues chaudes de confusion.

« Oh, mais tu rougis ! Serais-tu vierge, noble guerrier ? »

Avec exaspération, Niréus repoussa la main de son compagnon.

« Je commence à comprendre pourquoi les Muses t'ont aveuglé : tu fourres ton nez partout. »

Démodocos haussa les épaules.

« Tu as découvert mon secret ! »

Il lança une bourrade à Niréus.

« Mais allons, lui dit-il. J'étais venu te chercher car le roi Teuthras nous réclame.

— Peut-être va-t-il enfin nous laisser partir, espéra Niréus.

— Je n'en suis pas sûr… »

*
* *

Le chasseur noir se recula à l'abri de la muraille et de ses surplombs. Son geste avait parfaitement atteint son objectif. Il s'agissait de se signaler sans cesse à sa proie, de ne pas lui laisser de répit.

Il n'était pas encore temps de tuer Niréus. Il fallait être sûr qu'il tenait à la vie. Sa réaction devant la chute du rocher ne laissait plus vraiment de doute. Malgré ses affirmations, son air sombre, il voulait vivre encore.

Le chasseur noir ne désirait pas simplement la mort du guerrier ; il voulait les regrets et la peur. Il voulait le voir souffrir. Du haut de son perchoir, il voyait encore la rougeur qui avait saisi le jeune homme lorsqu'il avait heurté la servante. Cette piste était à ne pas négliger.

Il reprit la masse qui l'avait aidé à faire céder le relief de pierre. Par une ouverture, il se glissa dans le palais pour suivre les faits et gestes de sa proie. La suite promettait d'être particulièrement délectable [1].

*
* *

1. Réjouissante.

Teuthras les accueillit dans la salle du trône, flanqué de son serviteur et d'un jeune homme casqué que Niréus ne connaissait pas.

« Mes amis, fit le roi, mon serviteur vient de m'avertir du regrettable accident qui a eu lieu. Je ferai revenir les Dactyles pour qu'ils réparent tout cela. Je vous prie d'accepter mes royales excuses. »

Il se tordit les mains.

« Hélas, ce n'est pas la première fois qu'un tel accident arrive. C'est la raison pour laquelle vous êtes ici. J'ai… une faveur à vous demander. »

Il ouvrit de grands bras maigres et suppliants, puis changea tout à fait d'attitude. Il se tourna vers le jeune homme casqué.

« Vous ai-je présenté Rhomos ? Ce jeune homme revient d'une année de retraite solitaire dans les montagnes afin de s'endurcir. J'attendais son retour pour vous le faire rencontrer. Rhomos, enlève donc ton casque, je te prie. »

Le garçon, qui portait l'armure des hoplites, s'exécuta. Il ôta son casque, et une cascade de cheveux déferla sur ses épaules ; il était normal que les jeunes gens aient les cheveux très longs car ils ne les raccourcissaient qu'une fois initiés et devenus des hommes adultes. Cependant, Niréus poussa un cri de surprise en apercevant la chevelure du jeune homme : elle était d'un blanc immaculé, parfait. Le roi lança à ses invités un regard empli de fierté.

« Ce jeune guerrier est né avec les cheveux blancs, signe d'une destinée hors du commun. C'est l'un de mes neveux. Il souhaiterait vous accompagner dans votre périple jusqu'à Symé. C'est un bon élément et il doit découvrir le monde. »

Niréus sourit, soulagé.

« Si c'est là tout le prix de ton hospitalité, j'accepte avec grâce.

— Bien, bien, souffla Teuthras. C'est entendu. Mais ce n'est pas la faveur dont je parlais plus tôt.

— Vraiment ? » s'inquiéta Niréus.

Teuthras fit signe à son serviteur de s'avancer. Celui-ci, faisant tinter ses bijoux, s'inclina devant les invités.

« Il se trouve, dit-il de sa voix pleine, que toutes les créatures ne partagent pas la passion du seigneur Teuthras pour les matières minérales. Certaines veulent nous imposer des… »

Il eut une grimace dégoûtée.

« Des plantes, des feuilles, de la verdure. Or le seigneur Teuthras s'y refuse. Malgré cela, des créatures des forêts ont élu domicile au sommet du pic et s'obstinent à y faire pousser des choses rampantes et périssables.

— Vous n'avez pas essayé de les déloger ? s'enquit Niréus.

— Bien sûr que si ! Mais ces créatures sont très facétieuses et rusées. Elles nous ont repoussés à chaque essai. Nous ne pouvons compter que sur un héros tel que toi, Niréus ! »

Le guerrier se retint de rire en s'entendant qualifier de héros. Il avait des centaines d'objections à présenter. D'abord, un hôte ne pouvait exiger une telle faveur de ses invités ; ensuite, il n'y avait aucune raison pour qu'il réussisse là où d'autres avaient échoué ; enfin, il n'avait plus envie de se battre. Ces trois raisons lui semblaient amplement suffisantes pour refuser d'accéder à la demande de Teuthras. C'est pourquoi il fut pris de sueurs froides lorsqu'il entendit Démodocos répondre sans hésiter :

« Nous acceptons, ô roi ! »

*
* *

Niréus ne desserra pas les mâchoires en montant les escaliers qui conduisaient au dernier étage du pic. Lentement, la largeur des salles rétrécissait. On entendait le vent siffler autour de l'aiguille de pierre.

« Tu ne veux plus me parler, Niréus ? demanda soudain Démodocos.

— Oh, si ! Mais tu parles tellement bien en mon nom que je n'ai rien à ajouter ! rétorqua le guerrier, sarcastique.

— Tu ne devrais pas le prendre sur ce ton, Niréus. Si tu veux rentrer chez toi, tu dois le faire couvert de gloire. La guerre de Troie, quoi que tu en penses, a fait de toi un héros et personne ne comprendrait que tu n'accomplisses pas quelque exploit en chemin. Tu as une réputation à honorer à présent. »

Niréus s'arrêta et se tourna vers l'aveugle :

« Je te remercie de te soucier de mon avenir ! ironisa-t-il avec des gestes pompeux [1]. Je te le demande : comment penses-tu réussir là où un roi et son armée ont échoué ? Je te rappelle que nos troupes se résument à un "héros", un aveugle et un adolescent...

— Attention, prévint Rhomos qui ouvrait la marche. Nous y sommes. »

Il s'était arrêté devant une porte tissée de liseron, de lierre et de vigne vierge. Les racines rampaient déjà vers les escaliers, parties à la conquête du pic tout entier. Ces feuilles si vertes paraissaient complètement déplacées dans ce palais de pierre.

Rhomos lança un regard interrogateur à Niréus. Ce dernier remarqua alors combien le jeune homme avait des traits doux et réguliers. Avec ses cheveux si longs, ses yeux noirs, il arborait une beauté presque féminine. Bien sûr, son teint mat témoignait des journées passées au soleil, quand les femmes passaient leur temps à l'abri dans leurs appartements. Ses bras et ses jambes étaient ceux d'un athlète à la musculature fine et déliée.

« Teuthras ne nous a même pas laissé une épée, marmonna Niréus. Je n'ai que mon poignard. »

---

1. Excessivement dignes et solennels.

Rhomos, qui était armé d'une lance, dégaina son épée et la lui tendit.

« Prends-la, noble prince, dit-il avec douceur. Tu m'honoreras en la maniant. »

Les yeux du jeune homme luisaient d'une telle admiration que Niréus se détourna, gêné.

« Démodocos, tu as ton bâton ?

— Et ma lyre.

— Les dieux seuls savent ce que nous allons trouver derrière cette porte, soupira Niréus en se saisissant de l'épée tendue par Rhomos. Allons-y ! »

Le battant s'ouvrit avec difficulté, alourdi par toutes les plantes qui s'y accrochaient. Ils entrèrent alors dans un jardin merveilleux.

Du sol au plafond, la verdure avait tout recouvert, ne laissant plus la moindre parcelle de pierre visible. C'étaient partout des fleurs gigantesques et colorées, de larges feuilles craquantes, des arbres noueux et torsadés. Des rideaux de branches se balançaient mollement devant eux.

À peine eurent-ils franchi le seuil qu'ils entendirent des rires et des bruits de courses. Des gloussements fusaient de part et d'autre de la grande pièce arrondie. Niréus s'avança, l'épée à la main. Il avait l'impression de jouer à cache-cache avec des enfants turbulents.

Il souleva un rameau qui lui barrait la route et vérifia que le jeune guerrier et l'aède étaient bien sur ses talons. Rassuré sur ce point, il avança, posant le pied sur une mousse épaisse et douce. Les fleurs exhalaient des parfums lourds qui lui tournaient la tête.

Niréus, tous sens en éveil, aperçut devant lui une petite silhouette qui se faufilait. Il bondit à travers les branchages et entreprit de poursuivre la créature. Le guerrier en avait assez de ne pas voir son ennemi. Il entendit juste Démodocos lui crier que ce devait être un piège. Le héros ne l'écouta pas et continua sa course. Taillant dans la jungle, il se fraya un chemin.

La lumière provenait d'un trou dans le dôme rocheux donnant à l'ensemble l'aspect d'un puits de verdure. Alors qu'il arpentait le tapis de feuilles, Niréus ne vit plus ses compagnons derrière lui. Pestant contre Démodocos, il rebroussa chemin.

Un nouveau son lui parvint. C'étaient des petits piaillements, comme ceux de chiots ou de chatons. Il leva la tête pour en repérer l'origine. La source était toute proche. À pas de loup, il s'approcha d'une énorme feuille qui devait dissimuler quelque trésor ou l'entrée d'un terrier.

Avec précaution, Niréus souleva la feuille du bout de l'épée. Ce qu'il vit alors le laissa bouche bée. Il avait sous les yeux une espèce de berceau creusé dans une vieille souche et tapissé de mousse. Là-dedans, de petits êtres s'agitaient, endormis. Il identifia de minuscules Satyres, reconnaissables à leurs pattes de chèvre et à leurs cornes à peine formées. Il vit également des nourrissons d'Alséides, créatures féminines à la peau d'écorce tendre et aux longs cheveux de feuilles. Le spectacle était attendrissant, car les nouveau-nés se blottissaient les uns contre les autres dans leur sommeil.

Pour le coup, Niréus fut complètement pris au dépourvu. Le guerrier les observa un instant, l'épée baissée, puis il se retourna pour appeler les autres.

Il n'en eut pas le temps.

Au moment de soulever le pied, il se rendit compte que ce dernier était inextricablement enroulé dans un chèvrefeuille. Une traction brutale le jeta à terre. Là, le lierre s'empara de ses bras. Une opulente [1] fleur rouge se détacha d'un arbuste et, après avoir virevolté dans les airs, lui tomba sur le nez. Il se sentit aussitôt plongé dans un profond sommeil.

*
* *

Lorsqu'il s'éveilla, la tête lourde et douloureuse, Niréus était suspendu à un grand arbre, à plusieurs coudées du sol, les pieds attachés par du lierre. Son épée lui avait été ôtée. Le prince regarda autour de lui. Rhomos était près de lui, ses cheveux blancs retenus par le casque. Un peu plus loin, Démodocos était également pendu par les pieds, mais il avait en plus la bouche bâillonnée d'une tresse de fougères.

---

1. Large et somptueuse.

« Que lui est-il arrivé ? s'enquit Niréus.

— Quand nous avons été capturés, répondit Rhomos, il a essayé d'enchanter les créatures par ses litanies. Elles l'en ont empêché.

— Cela prouve qu'elles ne sont pas dénuées d'intelligence… J'aurais dû faire la même chose depuis bien longtemps. »

Le jeune guerrier essaya de se détacher avec ses mains libres, mais il n'y parvint pas.

« Que faisons-nous, Niréus ?

— Attendons de voir ce que nous veulent ces créatures. J'ai surpris leurs petits et je crois qu'elles seront en colère. Mais surtout, profitons du silence qu'elles nous offrent », ajouta le prince en coulant un regard vers l'aède.

Démodocos protesta en marmonnant derrière son bâillon végétal, mais Niréus lui imposa le silence. Les Alséides et les Satyres étaient revenus au pied de l'arbre. Ils portaient de petites cymbales et des flûtes de Pan [1], dont ils se mirent à jouer, puis ils entamèrent une ronde endiablée sans plus prêter attention à leurs prisonniers. Ils ne parlaient pas réellement la langue des mortels, mais proféraient simplement des sons, des intonations.

Niréus et Rhomos échangèrent un regard entendu.

1. Flûtes composées de petits tuyaux reliés entre eux.

« Je crois qu'ils vont nous laisser pourrir ici, dit le jeune guerrier. Nous ne les intéressons plus.

— Je vais intervenir », promit Niréus en feignant une grande assurance.

Alors il interpella les danseurs en poussant des cris de dégoût.

« Comme vous jouez mal ! Cette musique est insupportable ! Ça ne vaut pas la musique des hommes ! »

Il continua ainsi pendant de longs instants, jusqu'à ce que les Satyres et les Alséides le remarquent. Ils l'écoutèrent un moment sans répondre, puis parurent parlementer entre eux. Sentant que sa ruse prenait, Niréus ajouta :

« Mon ami aveugle joue beaucoup mieux que vous. Donnez-lui sa lyre et vous entendrez la différence.

— Penses-tu réellement qu'ils vont te croire ? s'enquit Rhomos, sceptique.

— Tes idées sont les bienvenues. »

Finalement, on apporta la lyre, et Démodocos tomba au pied du grand arbre, comme si le lierre qui le retenait l'avait soudain relâché. Il lança un grognement fâché à l'adresse de Niréus et se mit à jouer. Ses premiers accords sonnèrent étrangement faux, puis ils montèrent en intensité et Niréus dut se boucher les oreilles. Il vit que les créatures de la forêt éprouvaient la même souffrance que lui. Peu à peu, elles se figèrent, grimaçantes, avant de battre en retraite, emportant leurs petits avec elles.

Le lierre enserrant les chevilles de Rhomos et de Niréus se relâcha et ils purent rouler dans l'herbe grasse. Le guerrier frappa sur l'épaule de l'aède.

« Tu peux arrêter. Ils ont déserté l'endroit. La magie n'opère plus. »

Démodocos cracha une bouchée de fougères avant de lui répondre joyeusement :

« Je te félicite pour ton inspiration, guerrier.

— Nous en parlerons plus tard, éluda Niréus. Mettons le feu à cet endroit et retournons voir Teuthras. Notre travail ici est terminé. »

Chant 9
Les filles du fleuve

Niréus ne put éviter une dernière partie de dés avec son hôte. Il écouta distraitement le roi lui donner des conseils.

« Tu rentres donc à Symé ? demanda Teuthras en faisant rouler les cubes d'ivoire.

— Oui. Je vais passer par les terres. C'est le chemin le plus court et le plus prudent. »

Le souverain leva son œil valide vers le guerrier :

« Tu parles de prudence, mais tu veux retourner dans ta patrie après dix années d'absence sans consulter les dieux…

— Consulter les dieux ? fit Niréus. Pour savoir quelle malédiction ils me réservent ? »

Teuthras frappa si violemment sur la table de turquoise que les dés se renversèrent et que Niréus sursauta.

« Ne dénie pas les pouvoirs des dieux, jeune prince ! Bien souvent les mortels leur reprochent des maux dont ils s'accablent eux-mêmes. En outre, ce ne sont pas les dieux qui décident du destin de chacun ! »

Il ajouta plus doucement :

« Ils te diront quel sort t'attend. Ton destin n'est peut-être pas de rentrer à Symé. Promets-moi que tu iras à Érythraea en passant en Lydie. La Sibylle est là-bas, et elle prophétise pour ceux qui veulent connaître leur destinée. C'est sur ton chemin. Le promets-tu ? »

Niréus fit un effort sur lui-même pour ne pas rembarrer ce capricieux vieillard.

« Je t'en fais le serment, ô Teuthras. »

Ils furent interrompus par l'arrivée intempestive [1] du serviteur. Celui-ci entra, annoncé par le cliquetis de ses joyaux, tenant à la main une Alexiarès qui se débattait comme une lionne.

« Que se passe-t-il encore avec cette calamiteuse servante ? demanda le roi d'un ton las. Aurait-elle réussi à briser ce qui ne pouvait être brisé ?

— Je l'ai encore surprise à voler des bijoux dans mon coffre ! fit le serviteur avec indignation.

— Est-ce vrai, esclave ? » interrogea Teuthras sévèrement.

Alexiarès baissa la tête sans répondre, mais toute son attitude était un aveu. Elle semblait d'ailleurs ne regretter que de s'être fait prendre.

« Qu'on apporte le fouet », trancha Teuthras.

Le serviteur eut un sourire satisfait et lâcha Alexiarès, qui tomba à genoux.

---

1. Imprévue et gênante.

« Pas le fouet ! supplia-t-elle toute pâle. Je t'en supplie, grand roi ! Je ne recommencerai pas, je te le promets !

— Tu me l'as déjà promis des dizaines de fois. Ma patience est à bout. »

Un esclave arrivait déjà avec un grand fouet en main. Le serviteur s'en saisit et le fit claquer dans l'air. Niréus regarda la jeune femme, dont la position agenouillée laissait deviner la naissance de la gorge.

« Attends », fit-il au serviteur.

Puis, se tournant vers le roi lépreux :

« N'y a-t-il pas moyen de lui pardonner ?

— Ne te laisse pas prendre à ses mines, jeune prince. Elle te supplie avant de te cracher au visage. Cette esclave est impossible.

— Dois-je te prier de ne pas la faire fouetter ? » insista Niréus.

Le roi réfléchit un instant, puis un sourire tordit les chairs flasques de son visage.

« Nous allons jouer cela aux dés. Si je gagne, je la fais fouetter jusqu'au sang. Si tu gagnes, Niréus, tu pourras l'emmener avec toi. »

Le guerrier ne pouvait refuser sans se dédire.

« J'accepte », dit-il en prenant les dés.

Il les jeta et réalisa un coup moyen. Le roi prit les dés à son tour ; lentement, il les fit rouler. Toute la salle du trône se pencha pour observer le résultat : c'était la plus mauvaise combinaison qu'on puisse obtenir. Niréus avait gagné.

« Les dieux en ont décidé ainsi », conclut Teuthras en se levant.

Aussitôt, Alexiarès se redressa, lança un regard méprisant à son nouveau maître et sortit préparer ses affaires sans un mot de remerciement. Niréus n'aima pas le soulagement qu'il lut dans l'œil du roi de Mysie.

*
* *

Ils partirent dans la journée, descendant le cours du fleuve Caïque jusqu'à un bac. Ensuite, ils devaient quitter les confins de la Mysie et traverser la Lydie jusqu'à la cité d'Érythraea. Niréus n'avait pas réellement l'intention de respecter la promesse faite à Teuthras, mais ce dernier en avait parlé à Démodocos, qui avait acquiescé avec enthousiasme.

Niréus marchait en tête avec Rhomos, en armure. Ils étaient suivis par les deux vieux chevaux qui portaient quelques affaires offertes par Teuthras. Démodocos suivait en tenant la bride d'une des montures pour guider ses pas, tandis qu'Alexiarès, juchée sur l'autre animal, semblait défier quiconque de lui faire la moindre remarque.

Ils laissèrent derrière eux le pic dénudé et les forêts de montagnes. Rhomos était d'une intarissable curiosité à propos de la guerre de Troie. Sans sortir d'une réserve polie, il ne cessait de poser des questions à Niréus, qui répondait du bout des lèvres.

« Cela devait être exaltant de combattre sous ces murailles, rêvait le jeune homme. J'aurais voulu être là pour voir tous ces héros rassemblés : Achille au pied léger, Ulysse aux mille tours… Et toi, Niréus ! »

Le guerrier se tourna brusquement vers Rhomos.

« Et Palamède ? As-tu entendu parler de Palamède, fils de Nauplios ?

— Bien sûr ! fit l'autre, étonné.

— Palamède n'aimait pas la guerre gratuite. Il participa à plusieurs ambassades de paix à Troie. Toutes échouèrent. Alors, suivant son devoir, il aida le mari de la belle Hélène à rassembler tous les guerriers achéens. Lorsqu'ils allèrent chercher Ulysse aux mille tours à Ithaque, ils le trouvèrent en train de mener une charrue attelée d'un âne et d'un bœuf et de semer du sel, comme s'il était devenu fou. Palamède comprit qu'Ulysse simulait la folie pour ne pas partir à Troie. Il prit le fils d'Ulysse, encore nourrisson, et le déposa devant la charrue dont il se servait pour labourer. Ulysse dut s'arrêter avant de blesser son fils, et sa ruse fut ainsi déjouée. Jamais il ne le pardonna à Palamède. Vois-tu où je veux en venir ?

— Pas vraiment, répondit prudemment Rhomos.

— Alors, je continue, reprit Niréus d'une voix rude. Pendant toute l'expédition à Troie, Palamède a rendu de nombreux services à l'armée achéenne. Il releva le moral des troupes à plusieurs reprises ; il essaya de détourner la peste qui devait s'abattre sur le camp achéen ; il réussit à éviter une disette… Mais un jour, dans le camp, on découvrit une lettre du roi de Troie qui laissait entendre que Palamède trahissait les Achéens. On fouilla alors sa tente et l'on trouva de l'or sous son lit. Le roi de Mycènes, devant tant de preuves, condamna Palamède à la lapidation. Ne vois-tu toujours pas où je veux en venir ? »

Rhomos déglutit sans répondre.

« J'achève donc mon histoire. Bien sûr, Palamède n'avait jamais trahi. C'était Ulysse qui avait fait fabriquer le message, Ulysse encore qui avait soudoyé un esclave de Palamède pour qu'il dissimule l'or. On découvrit rapidement la vérité, mais le rusé Ulysse ne fut jamais inquiété car on avait peur de lui. Tu cherches des héros ? Palamède en était un. »

Niréus planta le jeune guerrier derrière lui. Démodocos, qui passait à côté de Rhomos, lui posa une main amicale sur l'épaule.

« Ne t'inquiète pas. Niréus est toujours bougon quand il parle de la guerre de Troie. »

*
* *

Ils arrivèrent en vue du bac vers le soir et furent surpris de ne trouver personne. Hormis quelques arbres alignés au bord du fleuve Caïque, le paysage était désert.

« On devrait peut-être attendre demain pour passer, proposa Rhomos. Le jour baisse déjà.

— Je préfère qu'on passe tout de suite, le contredit Niréus. Demain, nous pourrons partir immédiatement. »

Tout le monde était sceptique, mais personne ne s'opposa au prince. Ils mirent le radeau à l'eau avant d'y faire monter toute la petite troupe. Niréus refusa d'effectuer deux voyages. Il semblait pressé de mettre le fleuve entre lui et Teuthras.

On s'accrocha aux câbles et l'on tira vigoureusement. Démodocos, avec son large poitrail, n'était pas en reste. Bientôt le radeau glissa sur les eaux bleues. Le courant était rapide mais régulier ; ils progressèrent rapidement jusqu'au milieu du fleuve.

Une fois là, malgré tous leurs efforts, ils ne purent plus avancer d'un pouce. Ils ne parvenaient qu'à créer des remous autour du bac.

« Alexiarès, aide-nous ! cria Niréus à la servante qui demeurait, bras ballants, à côté des chevaux.

— Mais je vais abîmer mes belles mains ! protesta la jeune fille.

— Si tu n'obéis pas, je te promets de t'abîmer bien plus que les paumes », gronda le guerrier.

À contrecœur, l'esclave saisit la grosse corde et tira avec les autres. Sans effet. La nuit tomba tout à fait, et le radeau était toujours coincé entre les deux rives.

« Nous devrions revenir en arrière, proposa Rhomos.

— Essayons », céda Niréus.

Ils échangèrent leur place le long de la corde. Niréus se plaça à l'extrémité, puis ce fut Démodocos, Rhomos et enfin Alexiarès. Ils comptèrent et, d'un même élan, ils halèrent le radeau. Cette fois encore, ils demeurèrent immobiles.

« Quel est ce nouveau prodige ? » marmotta Niréus.

L'obscurité était à présent profonde. On ne voyait que quelques traînées d'écume blanchâtre zébrer parfois la surface noire des eaux. Alexiarès poussa un cri.

« Là ! J'ai vu une main ! Dans l'eau ! »

Elle montrait le rebord du radeau. Niréus soupira :

« Je crois qu'elle est restée trop longtemps avec le roi Teuthras… »

Rhomos s'approcha du bord à son tour et se pencha sur les flots. Il aperçut des doigts blafards qui s'agrippaient au bois, comme pour le retenir. Niréus dut avouer qu'Alexiarès avait raison.

Tandis qu'ils étaient tous quatre inclinés au-dessus de cette main énigmatique, un bouillonnement survint à la surface. Ce qu'ils virent ressemblait à la fois à une plante aquatique et à une méduse, puis ils reconnurent un visage. C'était une femme aux cheveux d'algue et d'eau, aux yeux d'aigue-marine, à la peau d'écume.

« C'est une Naïade », décréta Démodocos quand on lui eut expliqué de quoi il retournait.

Coup sur coup, d'autres têtes apparurent autour du bac, jusqu'à l'entourer complètement, tel un banc de poissons. Les Naïades, brillant à la lumière de la lune, se chuchotaient des choses à l'oreille. Leurs mains de nacre ne lâchaient pas un instant le radeau.

« Qui êtes-vous, Naïades ? interrogea Démodocos. Que voulez-vous ? »

Les créatures pouffèrent comme s'il avait prononcé une grossièreté. Elles se dévisagèrent silencieusement en échangeant des sourires, puis l'une d'elles émergea jusqu'à la poitrine et prit la parole :

« Nous sommes les filles du Caïque, le dieu-fleuve. »

Elle parlait d'une voix liquide où l'on entendait le ruissellement des torrents, le courant paresseux des rivières.

« Que désires-tu, fille du dieu-fleuve ? » répéta Démodocos.

La Naïade eut une moue capricieuse, fit des mines d'enfant gâtée.

« Nous voulons un présent pour notre père, dit-elle enfin.

— Un présent, oui ! Un présent pour père ! répétèrent ses sœurs en chœur.

— Si nous t'offrons un présent, nous laisseras-tu passer ? » s'enquit encore Démodocos.

La créature mordit ses lèvres de corail sombre et hocha la tête en signe d'acquiescement. Démodocos se tourna vers ses compagnons.

« Quelle est ta décision, Niréus ?

— Nous pourrions leur offrir Alexiarès en sacrifice », proposa-t-il.

L'aède feignit de réfléchir à la proposition.

« Vous n'êtes pas sérieux, tout de même ? s'alarma Alexiarès.

— Voyons, compta Niréus sur ses doigts. À part toi, nous sommes tous des hommes libres et nous avons besoin des chevaux…

— Il y a peut-être une solution, fit Rhomos en entrant dans leur jeu.

— Nous t'écoutons.

— Alexiarès a apporté une malle en osier pleine d'affaires. Nous pourrions la jeter aux Naïades.

— Jamais de la vie ! blêmit l'intéressée. Il y a là-dedans tous mes vêtements, mes bijoux, mes produits de beauté… »

Niréus eut un geste d'impuissance.

« Tu vois, Rhomos, il ne nous reste plus qu'à lancer Alexiarès à l'eau. »

L'esclave cracha à terre.

« Jetez donc mes affaires ! leur lança-t-elle avec mépris. Lâches, vous mettre à trois pour attaquer une faible femme ! »

D'un même mouvement, Rhomos et Niréus se saisirent de la malle la plus lourde et la lancèrent à l'eau. Immédiatement les Naïades lâchèrent le bac et se ruèrent sur la malle, créant un bouillonnement autour de celle-ci.

Ils se remettaient à tirer sur la corde quand ils entendirent un cri. C'était celui d'un enfant. Ils regardèrent autour d'eux pour voir d'où provenaient les appels.

« Par tous les dieux ! s'exclama Démodocos. Cela vient de la malle ! Demi-tour ! »

Ils reculèrent tant bien que mal. Déjà le courant emportait la malle, qui s'enfonçait dans les eaux ténébreuses. Du bout de sa lance, Rhomos piqua le couvercle et la fit revenir vers eux. Sans la sortir de l'eau, ils l'ouvrirent.

Un garçonnet d'une dizaine d'années apparut, tétanisé. L'eau avait déjà envahi l'osier, et il tremblait de froid. Niréus le hissa sur le radeau.

Croyant qu'on leur reprenait leur dû, les Naïades sifflaient de mécontentement. Elles giflaient la surface des eaux, éclaboussaient les voyageurs, faisaient trembler le bac.

« Reprenez la malle ! Elle est à vous ! cria Rhomos.

— Alexiarès ? Comment as-tu pu… s'emporta Niréus, l'enfant dans les bras.

— Je ne savais même pas qu'il était là ! se défendit la jeune femme. Je ne l'aurais pas laissé prendre la place de mes vêtements préférés ! »

La voix de l'esclave avait de tels accents de vérité que Niréus la crut immédiatement. Il baissa les yeux sur le garçon.

« Je m'appelle… Dryops… balbutia-t-il en fixant la cicatrice de Niréus.

— Mon garçon, tu nous dois quelques explications », rétorqua le guerrier.

Pendant ce temps, Rhomos et Démodocos avaient redoublé d'efforts pour les mener sur l'autre rive. Ils heurtèrent le rivage et tirèrent le radeau au sec. Épuisés, ils allèrent s'allonger dans une étendue d'herbe douce. Dans le fleuve, les Naïades avaient déjà englouti la malle et son contenu. Niréus vit que le garçonnet s'était endormi dans ses bras. Il décida de remettre les explications au lendemain.

Chant 10
La vierge et le guerrier

Les quatre voyageurs se levèrent à l'aube. Comme mus [1] par un accord tacite [2], ils se réunirent autour du garçon qui dormait toujours, pelotonné contre un tronc d'arbre.

« À quoi ressemble-t-il ? demanda Démodocos.

— Il est frêle, répondit Alexiarès.

— Il a les cheveux châtains, très frisés, en bataille, ajouta Rhomos. Il ne doit pas avoir plus de douze ans.

— Je crois me souvenir qu'il a les yeux noirs », acheva Niréus.

Ils se turent, reprenant leur contemplation du sommeil apaisé de l'enfant. Celui-ci finit par gémir et se frotter les yeux. Ses paupières s'ouvrirent, s'écarquillèrent en voyant ces grandes personnes assemblées autour de lui.

« Je… je m'appelle Dryops, bredouilla-t-il.

— Tu nous l'as déjà dit, rappela Niréus. Et, même si nous sommes très honorés de connaître ton nom,

---

1. Transportés.

2. Non exprimé, sous-entendu.

nous aimerions savoir comment tu es arrivé dans cette malle. »

Dryops lançait des regards éperdus.

« J'y suis monté quand personne ne regardait, avoua-t-il d'une traite.

— Pourquoi as-tu grimpé dans cette malle ?

— Et qu'as-tu fait de mes affaires ? » renchérit Alexiarès, fâchée.

Le garçon leva la main comme s'il craignait qu'on le frappe.

« J'ai enlevé tous les vêtements et les deux statuettes. Je devais partir avant que l'oracle ne s'accomplisse !

— Quelles statuettes ? s'enquit Rhomos.

— Quel oracle ? » questionna Niréus.

Dryops leur répondit tour à tour, tournant la tête vers le jeune guerrier d'abord, puis vers le prince.

« C'étaient des statuettes en or que la servante avait volées. Je le sais parce que le roi de Rhodes les avait offertes à Teuthras lors de son passage… Quand je suis né, un oracle a annoncé à ma mère que je serais la perte de mes parents. Pour éviter cela, j'ai décidé de fuir… »

Les quatre adultes se redressèrent. Ils échangèrent des regards interrogateurs. Alexiarès détournait les yeux pour éviter toute question embarrassante. Ils écoutèrent le fleuve, qu'ils ne pouvaient plus traverser en sens inverse sans être attaqués par les Naïades. Ils pensèrent à l'oracle qui menaçait l'enfant. Tous semblaient craindre que Niréus ne veuille le renvoyer chez lui.

Ce dernier observait le nombre croissant des membres de sa troupe : un aède aveugle et bavard, un adolescent exalté, une esclave indocile. Et à présent, un tout jeune garçon enfui de chez lui. Il ne pouvait imaginer ensemble plus hétéroclite.

Niréus se tourna vers Dryops et s'accroupit devant lui.

« Écoute bien ce que je vais te dire. Je te garde aux conditions suivantes. Tu fais tout ce qu'on te dit de faire, tu ne te plains pas, tu ne mens pas, tu ne pleures pas, tu ne nous ralentis pas… À la moindre incartade [1], je te vends au premier marchand d'esclaves qui passe. C'est bien compris ? »

L'enfant hocha la tête, un peu étourdi.

« Bon, fit Niréus en se relevant. Nous pouvons enfin partir. »

*
* *

Ils reprirent leur marche à travers les plaines désolées de la Lydie. Le sol n'était que poussière et ne produisait aucune végétation. Au loin, on apercevait quelques montagnes aux flancs crevassés sous le ciel azur.

Démodocos était d'avis de voyager plus près des côtes, mais Niréus s'y refusait. Il ne voulait pas avoir

1. Léger écart de conduite.

affaire à Poséidon avant longtemps. L'aède lui avait rétorqué que le dieu de la Mer était aussi celui de la Terre ; Niréus l'avait emporté en lui assenant qu'il était plus rare d'assister à un tremblement de terre qu'à une tempête.

Ils continuèrent donc leur route dans ces paysages mornes où seules planaient les larges ailes noires des vautours. Ceux-ci tournaient lentement sous le soleil hostile en poussant leur cri aigu et funèbre. Des gorges qui avaient dû conduire une rivière s'élevèrent peu à peu autour d'eux. Les cris des vautours résonnaient en écho entre les deux parois. Heureusement, les voyageurs ne manquaient ni d'eau ni de nourriture : Teuthras s'était montré généreux.

Niréus se retourna vers l'enfant. Celui-ci avançait vaillamment, obstiné, la tête fléchie. Pas une plainte ne franchissait ses lèvres bien qu'ils marchassent depuis la moitié de la journée sans repos et sans trêve. Alexiarès, en revanche, ne cessait de se plaindre. On ne l'avait pas autorisée à monter sur un cheval, afin d'épargner les deux bêtes. Depuis, à chaque caillou, à chaque montée ou nuage de poussière, elle poussait de hauts cris.

« Arrêtons-nous un instant, proposa Niréus. Nous avons bien avancé. »

Tous se précipitèrent sur les outres d'eau et se désaltérèrent joyeusement. Démodocos lâcha la bride de sa monture et s'approcha du prince.

« Nous devrions être sur nos gardes à présent, dit-il d'un ton sérieux. Si je ne m'abuse, nous sommes proches du territoire des... »

Un sifflement monta dans l'air et lui coupa la parole. On l'entendit se rapprocher, s'amplifier, puis soudain s'évanouir. Dryops poussa un hurlement étranglé. L'outre à laquelle il était en train de boire était percée d'une flèche.

Personne n'était encore sorti de sa stupeur qu'un deuxième sifflement s'éleva. L'outre de réserve qui battait le flanc d'un des chevaux fut crevée à son tour. L'eau coula tristement sur la terre sèche, qui l'avala sur-le-champ.

« Abritez-vous ! » ordonna Niréus.

Ils se cachèrent tant bien que mal derrière des rochers ou sous les chevaux. Des sifflements multiples déchirèrent le silence. La lance que Rhomos avait laissée appuyée contre la paroi rocheuse fut fendue en deux par la pointe d'une flèche. Une autre cloua le fourreau de l'épée au sol. Deux autres traits se plantèrent dans le poitrail des chevaux, qui s'écroulèrent dans un hennissement douloureux.

« Mais enfin ! s'emporta Niréus. Qui sont ces gens qui nous criblent de flèches ?

— Ce sont les Amazones, répondit Démodocos.

— Les Amazones ? Je croyais que leur royaume se situait dans le nord, sur les pentes du Caucase, en Scythie ou en Thrace !

— C'est un peuple nomade, expliqua l'aède. Elles se déplacent sans cesse… »

Les tirs avaient cessé. Pas un voyageur n'avait été tué ou blessé ; c'était donc que les Amazones n'en voulaient pas à leur vie. En tout cas, dans un premier temps. Une nouvelle volée de traits fendit le ciel. Ceux-ci se plantèrent devant les assiégés, traçant deux lignes qui formaient un chemin, puis ce fut le silence.

Niréus se leva, suivi de Démodocos qui s'appuyait sur son épaule. Il fit signe aux autres de l'imiter. Ils passèrent entre les deux rideaux de flèches qui se poursuivaient sur près de cinquante pas, laissant derrière eux armes, nourriture et montures mortes.

Ils dépassèrent le chemin, guettant le moindre mouvement, craignant à tout moment d'être foudroyés par un trait bien ajusté.

Un nuage de poussière apparut à l'entrée de la gorge, puis se répandit dans l'air. On entendait trembler le sol sous le martèlement des sabots. Dryops se réfugia dans les robes d'Alexiarès. Les premières formes se dessinèrent finalement ; c'étaient des crinières sauvages claquant au rythme du galop, sans que l'on sache si c'étaient celles des cavalières ou celles des montures. Puis ils perçurent des cris. La charge formidable ne semblait pas devoir s'arrêter. Ils virent les gueules écumantes des chevaux, les bouches grimaçantes des guerrières. La cavalerie nomade était toute proche à présent. Elle allait poursuivre sa route et les fouler sous les sabots meurtriers de ses montures.

Tout à coup, cela s'arrêta. Les chevaux se figèrent comme par magie à quelques pas des voyageurs. Ils avaient devant eux, chargées d'armures, de boucliers, de casques, de piques, de lances, d'épées, la poitrine découverte sur leur sein manquant, les féroces Amazones.

*
* *

« Je crois que je n'ai pas de chance avec les femmes », songea Niréus tout haut.

Les voyageurs avaient été conduits dans le camp des Amazones. Des tentes arrondies, faites de peaux et d'armatures en bois, constituaient leurs habitations. Seule la reine avait droit à une yourte en dur, décorée de tapis précieux et de fourrures variées.

Pour l'heure, on avait aligné Rhomos, Niréus, Démodocos, Alexiarès et Dryops au milieu du camp. Le bataillon de guerrières, impeccablement rangé, attendait les ordres de sa reine.

Celle-ci tarda à sortir de sa yourte. Les captifs durent patienter un long moment, les mains liées dans le dos, cuits et éblouis par l'éclat du soleil, avant qu'elle daignât se présenter. Elle portait un plastron de cuivre qui soulignait l'absence de son sein droit et un casque à aigrette qui la faisait paraître plus grande. Sa chevelure tombait en flots tumultueux, décorés d'osselets et de broches d'or attachés aux mèches. D'une taille supérieure aux autres guerrières, elle possédait une impressionnante musculature. Ses traits étaient ceux d'une reine : durs, altiers. Elle se planta devant les prisonniers et les toisa[1] longuement. Elle remarqua l'air ironique de Niréus et le gifla à toute volée.

« Quel courage ! fit ce dernier en suçotant sa lèvre fendue. Heureusement que je n'avais pas les mains attachées...

— Qui es-tu ? » demanda la reine.

Le prince ne répondit pas et ses lèvres s'étirèrent en un nouveau sourire. La reine leva la main pour la seconde fois. Un cri de Rhomos suspendit son geste.

« Arrête, ô reine ! s'écria-t-il. C'est un guerrier de Troie du nom de Niréus !

— Mais tais-toi donc ! rugit ce dernier.

— Il ne veut que rentrer chez lui, à Symé, poursuivit Rhomos. Nous accompagnons ce héros.

— Silence, Rhomos ! aboya Niréus. Ne dis plus un mot ! »

La reine le dévisagea un moment.

« Niréus, murmura-t-elle. Symé... Tu combattais donc pour les Achéens... Tu fais partie de ces chiens

1. Regarda d'un air méprisant.

qui ont tué Penthésilée, notre reine, et qui ont mutilé son cadavre ! »

Les Amazones rassemblées lancèrent en chœur une plainte aiguë.

« Et tu oses te présenter devant moi au moment même où nous rendons les honneurs funèbres à notre ancienne reine ! »

Les guerrières grondèrent comme des chats en colère.

« Vous serez sacrifiés pour honorer Penthésilée, notre défunte reine ! hurla l'Amazone en levant les bras. »

Les cavalières l'acclamèrent bruyamment, frappant leur bouclier de leur lance. Niréus attendit que la clameur se fût calmée pour parler.

« Reine des Amazones, écoute-moi. Je vais te dire la vérité. J'étais là quand Penthésilée est tombée devant Troie ! »

Un lourd silence tomba sur le camp comme une chape de plomb. Niréus s'humecta les lèvres et commença son récit.

« Nous savions que vous aviez envoyé un contingent d'Amazones chez le roi de Troie. Penthésilée, votre reine, était à sa tête. Elle accomplit de nombreux exploits devant les remparts, tua de nombreux Achéens. Mais un jour, elle rencontra Achille au pied léger et il fut le plus fort. Il la tua. Cependant, en la voyant tomber, il fut bouleversé par sa beauté et s'éprit follement d'elle. Un autre guerrier achéen, le plus méprisable de tous, se moqua de cet amour et, voyant le regard éperdu d'Achille, il fit sauter, de la pointe de sa lance, les yeux de Penthésilée. »

À ces mots, les Amazones murmurèrent leur indignation. Niréus continua sans se troubler :

« Achille ne supporta pas cette bassesse. Il tua l'ignoble guerrier en lui écrasant la tête à coups de poing. Voilà la vérité, ô reine. J'étais au côté d'Achille lorsque cela est arrivé. J'ai tout vu. »

La reine réfléchit rapidement.

« Les dieux décideront de votre sort. Nous devons poursuivre les jeux funèbres en l'honneur de Penthésilée. Vous y participerez. Ceux qui seront au moins une fois vainqueurs dans une épreuve auront la chance de devenir des géniteurs avant d'être libérés. Ceux qui perdront seront sacrifiés en l'honneur de Penthésilée.

— Mais Dryops n'est qu'un enfant ! protesta Rhomos. Et Démodocos est aveugle !

— Tu comprends pourquoi je voulais que tu te taises ? demanda Niréus à l'adresse du jeune guerrier.

— Silence ! ordonna la reine. Les jeux vont reprendre : déshabillez-vous ! Il faut être nu pour participer aux épreuves. Nous allons vous confier des pagnes. »

Niréus leva les yeux au ciel et s'exécuta. Il ôta sa tunique et attendit qu'on lui apportât la ceinture des athlètes. À côté de lui, Démodocos montra un large poitrail hérissé de poils gris et roula des épaules. Sans ses yeux éternellement clos, il aurait pu être bel homme.

Soudain, un murmure monta des rangs des guerrières. Niréus pensa qu'elles s'étonnaient des cheveux blancs de Rhomos.

Il se tourna furtivement, espérant apercevoir les rondeurs d'Alexiarès. Son regard s'arrêta sur Rhomos. Il comprit alors l'exclamation de surprise des Amazones. Dégagée du casque, la chevelure d'argent ruisselait sur ses épaules, lui tombant jusqu'aux hanches. Mais ce n'était pas le plus étonnant. Il avait retiré son armure de bronze et révélait un bandeau serré qui lui entourait le torse. La reine des Amazones lui fit signe de l'enlever. Avec des larmes de rage, Rhomos obtempéra. Il révéla une poitrine menue, ronde, mais indéniablement féminine. Bien vite, les seins disparurent derrière le rideau de cheveux blancs.

Niréus demeura bouche bée. Il comprenait enfin pourquoi les traits du garçon lui semblaient si fins et – il pouvait se l'avouer à présent – si séduisants. Il avait également l'explication de certaines manies de Rhomos, qui par exemple conservait nuit et jour son armure et son casque. L'armure cachait ses hanches et sa poitrine de femme, le casque lui permettait de tricher sur la longueur de ses cheveux.

Il n'était pas au bout de ses surprises. Ses yeux tombèrent sur le petit Dryops. Il ne l'avait vu que vêtu de la robe des enfants qui lui couvrait tout le corps. Nu, il montrait, malgré son jeune âge, un torse et un dos velus, ainsi que des jambes entièrement recouvertes d'un pelage brun.

La reine des Amazones observait la honte des uns et l'effarement des autres avec un sourire narquois. Elle s'approcha de Dryops.

« Au moins, celui-ci est un mâle », dit-elle.

Et ses guerrières de s'esclaffer.

« Pourquoi dit-elle cela ? s'enquit Démodocos. Que se passe-t-il ?

— Il se passe que Rhomos est une femme et que Dryops est velu comme un singe », résuma Niréus, fataliste.

Chant 11
Jeux funèbres

Les prisonniers se réunirent afin de préparer leur stratégie. Ils savaient qu'ils avaient peu de chance de tous l'emporter dans les épreuves qui allaient les confronter aux Amazones, peuplade guerrière et brutale.

Les disciplines allaient être les suivantes : d'abord le pugilat [1], puis le disque, le tir à l'arc, la course à pied et enfin la course de chars. Les épreuves se tiendraient dans le camp, en vue du bûcher de Penthésilée.

Celui-ci avait été dressé devant la paroi de la gorge. C'était un empilement de rondins de cent pieds de côté au sommet duquel le corps de la défunte reine était allongé, une pièce d'or dans la bouche afin de payer son passage aux Enfers. Le cadavre avait été conservé grâce à Arès, père des Amazones, qui leur avait confié un peu de rouge nectar.

On avait déposé devant le bûcher les récompenses des vainqueurs – armes, armures, boucliers, vases, mules… –, ainsi que des offrandes à la morte, comme

1. Jeu de lutte à coups de poings pratiqué dans l'Antiquité.

des amphores pleines d'huile et de miel. Les Amazones se lamentaient, poussaient des gémissements pathétiques, frappaient leur poitrine en se couvrant le visage de poussière.

Niréus détourna le regard de ces manifestations de deuil. Il observa à la dérobée Rhomos et Dryops, puis Alexiarès, qui avait refusé d'ôter sa robe. Ils étaient tous assis en rond dans la poussière.

« L'heure n'est pas à la discorde, déclara-t-il. Tous, sans exception, nous devrons partir d'ici sains et saufs. Cela signifie que chacun de nous doit remporter une épreuve. Le mieux reste de concourir dans son domaine de prédilection. Je pense que personne d'autre que moi n'est prêt à combattre au pugilat, n'est-ce pas ? »

Personne ne répondit.

« Bien, passons au disque. Démodocos ? »

L'aède avait levé la main.

« Je n'étais pas mauvais quand j'étais jeune. Je ne dois pas être trop rouillé.

— C'est entendu, acquiesça le prince. Qui veut prendre le tir à l'arc ?

— Moi, dit une voix tendue.

— Toi, Rhomos ? À moins qu'il faille t'appeler autrement maintenant ? » railla Niréus.

La jeune fille laissa passer le sarcasme en baissant la tête. Elle murmura quelque chose tout bas.

« Que dis-tu ? fit le prince en tendant l'oreille.

— Rhomé, répéta-t-elle. Mon vrai nom est Rhomé... Je tirerai à l'arc.

— Nous sommes d'accord. Il reste deux épreuves. Dryops, est-ce que tu cours vite ? »

Le garçon à l'étrange pilosité leva un regard ébahi sur le prince. Niréus répéta sa question calmement.

« Un peu, répondit le garçon.

— Tu feras donc la course à pied. Il nous reste la course de chars... »

Niréus céda alors au découragement. Il enfouit sa tête dans ses mains.

« Que t'arrive-t-il, prince ? » demanda Alexiarès avec inquiétude.

Le guerrier releva la tête, les yeux brillants de colère.

« Tu me demandes ce qui m'arrive ? Nous allons affronter des Amazones dont la seule activité est la guerre. Leur vie consiste à tirer à l'arc, à courir à pied, en char, à combattre à mains nues ! Et nous, en face, nous n'avons qu'un aveugle, une femme, un enfant et une esclave ! »

Démodocos posa sa grosse main sur le bras du guerrier.

« Nous savons déjà tout cela, Niréus, dit-il avec douceur. Ce n'est pas ce qu'un chef doit faire entendre à ses hommes. »

Niréus se dégagea de l'étreinte de l'aède, mais sans brutalité. Il avait honte de son abattement. Il inspira et voulut parler, mais la reine des Amazones s'était approchée de leur cercle.

« J'ai entendu qu'il y avait une esclave parmi vous, dit-elle. Qui est-ce ? »

Les regards se tournèrent vers Alexiarès, qui toisa insolemment la reine.

« Les esclaves ne peuvent concourir aux jeux. Viens, suis-moi. »

Sur un signe de tête de Niréus, Alexiarès se leva.

« Que vas-tu faire d'elle ? s'enquit-il.

— Elle est belle, répondit la reine avec un sourire. Elle sera le prix d'une des épreuves. »

Elle repartit avec Alexiarès, laissant les prisonniers consternés. Seul Niréus semblait satisfait.

« Parfait, se félicita-t-il. Nous n'avons donc que quatre épreuves à remporter. Rappelez-vous que notre vie est en jeu. »

Il se leva à son tour. Déjà les Amazones s'étaient regroupées pour écouter leur reine. Des guerrières poussèrent les prisonniers en avant. La souveraine parla ainsi :

« Amazones, filles du dieu de la Guerre Arès et d'Harmonie, fidèles d'Artémis, déesse chasseresse, depuis des siècles nous nous gouvernons sans le secours des hommes ! Nous avons combattu Bellérophon, Héraclès, Thésée, Achille ! Nous avons vaincu les Atlantes, les Gorgones, les Arabes, les Ciliciens ! »

Les guerrières poussèrent une effrayante clameur de fierté.

« Parmi ces exploits, beaucoup ont été réalisés sous la conduite de notre regrettée reine, Penthésilée, ma sœur. En ce jour, nous lui rendrons l'hommage qu'elle mérite par des jeux guerriers. Ces prix que vous voyez au pied de son bûcher attendent les vainqueurs. Soyez impitoyables, fortes et magnifiques ! »

De nouveau, les Amazones heurtèrent leur bouclier de leur lance, produisant un épouvantable fracas.

« J'invite deux champions à se disputer le prix du pugilat : le bouclier pris au roi de Rhodes par Penthésilée, notre reine, devant Troie. »

Le silence se fit. Une haute silhouette se détacha des guerrières assemblées. Une Amazone grande et forte se présenta. Niréus grimaça en l'apercevant et avança à son tour. En le voyant, la grande guerrière se moqua de lui :

« Je suis la meilleure au pugilat, petit homme. Je vais te fendre la peau et te disloquer les os.

— Moi aussi, je suis enchanté de te connaître, aimable guerrière. »

L'Amazone ôta les éléments de son armure. Lorsqu'elle fut nue, on lui apporta, ainsi qu'à Niréus, une ceinture d'athlète qui soutenait un pagne, puis on leur donna de l'huile pour qu'ils s'en enduisent abondamment. Enfin, on leur lia des lanières de cuir autour des mains afin de les protéger et d'amortir les coups.

Un cercle avait été tracé dans la poussière. Les deux adversaires se firent face, levant leurs poings. L'Amazone déployait une imposante carrure, mais elle ne possédait pas une allonge[1] supérieure à celle de Niréus. Celui-ci tenta de se rappeler les prises utilisées lors des jeux auxquels il avait assisté. Il ne pourrait vaincre que par la ruse.

Soudain, l'Amazone se rua sur lui et lui décocha un coup de poing capable d'assommer un bœuf. Surpris, Niréus ne put l'éviter tout à fait. Il sentit les lanières de cuir lui déchirer la joue, celle qui était encore intacte, et lui enfoncer la pommette. À l'idée d'être balafré une seconde fois, il fut pris d'une rage meurtrière. Le goût du sang dans sa bouche lui rappela sa première blessure, quand le fils de Télèphe, mourant, lui avait entaillé le visage.

Il fit quelques pas en arrière, étourdi, et faillit sortir du cercle. Le croyant fini, l'Amazone s'approcha pour l'achever, mais il détourna son poing d'une main et répliqua. Il enchaîna les coups, qui plurent, rapides, sur son adversaire. Il se sentit ruisseler de sueur. Entendant craquer la mâchoire de la guerrière, il continua de la harceler. Finalement, il la sentit tituber et s'affaisser. Magnanime, Niréus la retint et la redressa.

D'autres Amazones vinrent chercher leur compagne et l'entraînèrent avec elles. La lutteuse vaincue traînait

1. Longueur des bras.

des pieds, la tête vacillante, et crachait un sang épais. Bonne joueuse, la reine tendit à Niréus le bouclier du vainqueur. Niréus connaissait bien ce bouclier. Il avait été celui du roi de Rhodes, son ami, qui était venu à Troie avec lui, accompagné de neuf vaisseaux. Il était fait de cinq plaques d'or, d'argent et de bronze, décoré de créatures étranges, chauves, aux mains palmées, qui nageaient autour d'une île.

Il revint parmi ses compagnons en expectorant [1] une salive sanglante. Démodocos le frappa sur l'épaule.

« Je n'ai entendu que les coups, dit-il, mais cela me suffit pour dire que c'était un beau combat. »

Niréus acquiesça. Il n'avait pas eu peur de perdre ou de mourir. La suite l'inquiétait davantage.

*
* *

Les préparatifs pour le lancer du disque s'achevèrent rapidement : on avait tracé des lignes tous les dix pas pour mesurer les distances. La reine des Amazones s'adressa aux concurrents en ces termes :

« Qu'ils s'avancent, ceux qui tentent l'épreuve du lancer. Voici deux mules tenaces, de six ans, indomptées. Elles seront pour le vainqueur. »

D'une main, la reine désigna deux mules grises attachées à un piquet ; elles ressemblaient à des animaux

1. Crachant.

sauvages, la tête et les articulations couvertes de poils pour résister aux nuits froides des montagnes. Dans l'autre main, la reine tenait un lourd disque de fer brut, qu'elle laissa tomber sur le sable.

Trois Amazones se présentèrent aussitôt. Alexiarès s'avança au-devant de Démodocos pour le guider. Une fois encore, les guerrières se moquèrent de l'aveugle avec des sourires entendus. On aligna les concurrents.

La première prit le disque, le fit tournoyer et le lança à une distance honorable. Le fer imprima une profonde marque dans la poussière. On rapporta le disque, qui fut lancé par la deuxième concurrente. Elle fit à peine mieux que la précédente. L'assistance ne semblait pas réellement prêter attention à leurs tentatives ; elle attendait la dernière Amazone, qui était manifestement leur championne. Celle-ci avait des épaules bien découplées. Elle se saisit du disque avec précaution, le soupesant dans sa main, puis elle le fit tourner avec un geste magnifique de grâce et de puissance. Pourtant, au moment où elle devait le lâcher, il glissa légèrement de sa main et partit de biais. Tous suivirent en silence le vol du disque, brillant dans l'air ensoleillé. Malgré ce raté, son jet dépassa la marque de ses adversaires de plusieurs pieds. Rassurées, les Amazones éclatèrent de rire.

Ce fut au tour de Démodocos. Son visage d'aveugle était impassible, mais concentré. Alexiarès lui mit en main le disque de fer, le tourna dans la bonne direction et lui chuchota quelques mots à l'oreille, puis elle s'écarta. Faisant pivoter son vaste poitrail, Démodocos fit quelques mouvements et, d'un coup, lança le disque. Le projectile s'éleva très peu dans l'air, bien moins haut que celui des autres concurrentes.

Un frisson passa sur le cercle des captifs. Niréus se mordit les lèvres.

Le disque continua sa course sans perdre d'altitude. Démodocos lui avait imprimé un mouvement de rotation qui le rendait plus stable. Il vola longtemps et retomba bien au-delà des autres traces. Alexiarès poussa un cri de joie, et l'aède se fendit d'un sourire en l'entendant.

Niréus l'accueillit d'une bourrade lorsqu'il revint avec ses trophées.

« Les dieux n'ont pas voulu que je sois trop rouillé, glissa l'aède.

— Nous voilà avec deux mules à présent, repartit le prince pour cacher son soulagement. »

Déjà on préparait l'épreuve du tir à l'arc. Trois blanches colombes furent liées par une ficelle très fine à des poteaux, au loin dans le sable. Rhomé alla choisir un caillou de couleur rouge ; ses deux adversaires prirent respectivement une pierre noire et une blanche. On jeta les trois sorts dans un casque de bronze que l'on secoua. Le caillou blanc jaillit en premier, suivi du noir ; le rouge demeura au fond du casque.

« Celle qui touchera la corde n'emportera chez elle qu'une coupe à double anse, car c'est un coup plus facile. Celle qui touchera la colombe emportera chez elle, pour prix de son adresse, une esclave évaluée à quatre bœufs. »

D'un geste, elle montra Alexiarès parmi les récompenses, entre un vase et une armure. Rhomé ne parut pas affectée par la nouvelle.

« Elle n'a même pas d'arc », gémit Niréus.

Chaque concurrente avait droit à trois flèches. L'Amazone au caillou blanc tira ses traits. Le premier trancha la corde. Elle engagea la deuxième flèche, qui frôla l'aile blanche de la colombe. Rapidement, avant que l'oiseau ne fût trop loin, elle tira sa troisième flèche, qui toucha au but. L'aile percée, le volatile tomba en vrille. Une clameur remplit la gorge et résonna longuement sous le ciel serein.

« Personne ne pourra faire mieux », décréta Niréus avec fatalisme.

La deuxième concurrente, sans doute ébahie par l'exploit de sa consœur, manqua ses trois tirs et s'attira le murmure réprobateur des Amazones. Ces dernières ne retinrent pas leurs moqueries lorsque Rhomé réclama un arc et trois flèches. Celle qui avait abattu la colombe lui prêta son arme de bonne grâce, mais non sans condescendance [1].

1. Attitude dédaigneuse, méprisante.

Rhomé engagea une première flèche rapidement. Elle banda l'arc en visant à peine. Le trait partit et se planta dans le poteau de bois avec un bruit mat. Les Amazones ne purent retenir leur hilarité. De l'autre côté de la gorge, Alexiarès avait pâli sous son masque d'indifférence. Sans se démonter, Rhomé engagea cette fois deux flèches en même temps.

« Que fait-elle ? » marmonna Niréus.

Les deux flèches fusèrent en quittant l'arc vrombissant. Elles fendirent l'air ; la première trancha la corde, tandis que la seconde traversait le col de la colombe en retombant un peu plus loin. Le plumage blanc se teinta de sang, et l'oiseau chuta du poteau.

Niréus voulut féliciter Rhomé lorsqu'elle revint vers eux en conduisant une Alexiarès rayonnante, mais elle ne lui accorda pas un regard. Le prince ne s'en formalisa pas. Il ne restait plus qu'à espérer que Dryops courrait assez vite pour se sauver.

On déposa un grand vase en argent façonné qui brillait aux rayons du soleil. Il reviendrait au vainqueur de la course à pied. Les concurrentes, ainsi que Dryops, se placèrent en ligne. Ils devaient aller jusqu'à une borne, la contourner et revenir à leur point de départ.

Quand la reine des Amazones donna le départ, les captifs retinrent leur souffle.

Le cœur de Niréus battit plus fort. Il comprit immédiatement que le garçon, malgré une foulée rapide, ne pourrait jamais l'emporter sur ses adversaires. Ses jambes, sans doute liées par la crainte, ne le portaient pas aussi légèrement qu'elles auraient pu. Le pire arriva au passage de la borne que l'on avait déposée là. Dryops, pressé, voulut couper au plus près et son pied heurta l'élévation de pierre. Il tomba dans un nuage de sable.

Le sang de Niréus se figea dans ses veines. Toutes les concurrentes passèrent l'arrivée. Dryops, qui s'était relevé et qui courait plus vite que jamais, tenta de les rattraper, mais en vain. Il arriva dernier.

Niréus sentit que l'attention de Rhomé, d'Alexiarès et de Démodocos se tournait vers lui. Même de loin, le petit Dryops le suppliait du regard. On attendait son avis, une idée, un geste.

« Je vais essayer de participer à la course de chars. Peut-être accepteront-elles de nous laisser Dryops si je gagne, fit-il sans y croire. »

Ses yeux tombèrent sur la colombe survivante, toujours perchée sur son poteau. Elle essayait de se libérer de son lien, affolée, perdant des plumes dans son combat. Depuis un moment déjà le ciel était vide. Les vautours, qui tournaient sans cesse au-dessus du camp, avaient disparu.

Tout à coup, des ombres immenses balayèrent la gorge, se profilèrent sur les parois de pierre, s'allongèrent sur la poussière du sol. Puis les premiers cris montèrent :

« Aux armes ! Les Gorgones arrivent ! »

Chant 12
Le regard des Gorgones

Caché derrière un rocher, Niréus voulut lever les yeux au ciel pour apercevoir l'ennemi, mais la poigne de Démodocos lui courba la nuque.

« Ne regarde pas ! souffla l'aède. Ne regarde jamais les Gorgones en face ! »

Le prince ne protesta pas. Il chercha des yeux les autres prisonniers parmi les Amazones qui couraient en tous sens. Son regard croisa celui de Rhomé ; il comprit qu'elle avait entendu l'avertissement de Démodocos. Il aperçut plus loin Dryops, qui reprenait son souffle à l'extrémité de la gorge. L'enfant n'avait même pas remarqué l'attaque que subissait le camp.

Niréus enjamba la barrière de pierre et s'élança au milieu du champ de bataille. Il devait se faire violence pour ne pas regarder vers le ciel. Les ombres tournoyaient au-dessus d'eux dans le vrombissement d'ailes immenses qui soulevaient la poussière, puis c'étaient des sifflements de serpents cracheurs.

En chemin, il vit avec horreur une Amazone, le bras tendu en arrière pour jeter un javelot, se solidifier lentement dans cette attitude et devenir pierre. Il la dépassa sans s'attarder.

« Dryops ! hurla-t-il. Dryops, c'est Niréus ! Regarde-moi ! »

L'enfant leva sur lui des yeux embués de larmes. Sa poitrine était secouée de sanglots.

« Continue de me regarder, c'est bien ! »

Il parcourut les derniers pieds qui le séparaient de Dryops et le prit dans ses bras. L'enfant était aussi léger qu'une plume.

« Nous allons nous éloigner, Dryops, reprit le guerrier en s'efforçant au calme.

— J'ai essayé... haleta l'enfant entre deux hoquets. Je suis tombé...

— Ce n'est rien. Tu as été très courageux. Et maintenant, tu dois être plus courageux encore. Ne regarde que mon visage, et pas ailleurs avant que je te le dise. M'as-tu compris ? »

Dryops hocha la tête et le fixa de ses grands yeux intelligents. Niréus fut troublé par ce regard. En dix ans de siège, à Troie, il n'avait jamais eu à secourir un enfant. Il était habitué aux regards de haine, de mépris ou de peur. Jamais on ne l'avait scruté avec confiance et gratitude.

Il emporta l'enfant pour revenir à couvert. Il croisa une deuxième Amazone, pétrifiée alors qu'elle visait de son arc une créature volante. Niréus espéra que l'enfant ne la verrait pas, et ce fut le cas puisque celui-ci, obéissant, ne le quittait pas des yeux.

Partout, on n'entendait que des cavalcades, des cris, le sifflement des traits fendant l'air, le raclement des sandales dans la poussière. Lorsqu'ils revinrent au rocher, il n'y avait plus personne. Niréus chercha des yeux ses compagnons. Il tenta de percer le rideau de fumée qui s'était élevé.

« Niréus ! Nous sommes ici ! »

C'était la voix grave de Rhomé qui l'appelait. Niréus se tourna dans la bonne direction et comprit qu'ils avaient trouvé refuge dans une anfractuosité de la roche. L'enfant toujours dans les bras, le héros se précipita vers eux. Il n'était pas seul ; nombre d'Amazones se repliaient à l'abri des rochers. Le prince dut se faire de la place à coups d'épaule. Finalement, il entra sous une voûte de pierre.

Niréus eut la surprise de constater qu'il ne s'agissait pas d'une simple cavité, mais d'une grotte importante qui contenait des armes, quelques chevaux et des dizaines d'Amazones.

Niréus sentit soudain ses jambes fléchir sous la fatigue. Il laissa descendre Dryops et s'appuya contre la pierre fraîche.

« Puis-je regarder autour maintenant ? » s'enquit l'enfant.

Le guerrier vérifia que tout le monde était là. Il avisa Rhomé, qui tenait le bouclier remporté au pugilat, puis

Alexiarès, à peine décoiffée par la fuite, et enfin Démodocos, adossé à la paroi.

« Maintenant, tu peux, Dryops. »

*
* *

Ils entendirent encore longtemps les échos de la bataille résonner dans la gorge. Il y eut des cris de douleur et d'agonie, des bruits de chair déchirée. Des créatures verdâtres, au regard étincelant, tentèrent de les poursuivre dans la grotte. Les Amazones, alignées, lâchèrent des volées de flèches sur les assaillants, qui finirent par renoncer en poussant des hurlements de rage. Dans ce combat, Niréus n'aperçut que partiellement ces monstres plus grands qu'un homme. Il lui sembla qu'ils possédaient des défenses luisantes semblables à celles des sangliers et que leur tête était hérissée de serpents.

Puis tout se calma. Les Gorgones avaient pris possession du camp.

L'imposante caverne dans laquelle ils se trouvaient était fraîche. Une petite source s'écoulait dans le fond. Quelques chevaux nerveux avaient pu être mis à l'abri. Niréus reconnut bientôt la reine parmi les Amazones. Elle ne se préoccupa guère des prisonniers car elle devait organiser la défense des lieux.

Lorsqu'elle eut placé des sentinelles et ordonné des tours de garde, elle monta sur une grosse pierre et s'adressa à ses guerrières.

« Nous sommes attaquées par des Gorgones, résuma-t-elle. Pour certaines d'entre vous qui ont participé à la campagne contre les Atlantes sous la conduite de Penthésilée, vous les avez déjà rencontrées. Vous savez de quelles armes elles disposent : un regard pétrifiant, des serpents venimeux à la place des cheveux, des ailes d'or et des défenses. »

Il y eut des rumeurs d'épouvante à l'annonce de la reine. Celle-ci laissa passer les murmures et reprit :

« Pourtant, nous avons vaincu ces Gorgones. Nous en sommes toujours sorties victorieuses. D'après ce que j'ai vu, elles ne sont pas excessivement nombreuses. Une trentaine tout au plus. »

Il y eut de nouveaux chuchotements craintifs, que la reine apaisa d'un geste.

« Ici, nous sommes protégées. Elles ne pourront pas entrer. Nous avons de la nourriture, une source d'eau. Nous pouvons tenir longtemps… Mais je ne compte pas les laisser s'installer et ravager notre camp. Dès cette nuit, nous attaquerons. »

Cette fois, ce fut un profond silence qui accueillit ses paroles. On attendait les ordres de la reine.

« Voici les consignes à respecter pour espérer vaincre. D'abord, ne jamais regarder fixement une Gorgone dans les yeux. Elle vous hypnotiserait et vous changerait lentement en pierre. Avec Penthésilée, nous avions trouvé une stratégie : l'une d'entre nous se sacrifiait et observait une Gorgone. Alors qu'elle commençait à se changer en pierre, nos archères abattaient la créature, concentrée sur son emprise. À ce moment, la victime se tournait vers une deuxième Gorgone et recommençait. Certaines ont ainsi permis d'abattre cinq monstres avant de succomber à la pétrification ! Pour le reste, il vaut mieux éviter le combat au corps à corps avec elles. Avec leurs ailes en or, elles vous écorcheraient la peau et vous vous videriez de votre sang. Nous attaquerons de nuit parce que c'est le moment où elles se reposent, et parfois dorment. De plus, leur regard pétrifiant est moins puissant dans l'obscurité. »

Elle se tut, attendant d'hypothétiques questions, mais le silence fut encore sa seule réponse. Dehors, on entendit le hennissement d'agonie des chevaux. Les Gorgones devaient les égorger et boire leur sang.

« Cette nuit », répéta la reine des Amazones avec un regard terrible.

À cet instant, ses yeux étaient aussi farouches que ceux des ennemies.

*
* *

Niréus réfléchissait en attendant la nuit. S'il y avait un moyen de sauver Dryops, il consistait à aider les

Amazones de façon décisive dans leur lutte contre les Gorgones. De plus, même s'il savait les guerrières capables de vaincre, cela pourrait être long, or il voulait rentrer au plus vite à Symé.

Il fit part de ses projets à ses compagnons. Ils acquiescèrent. Tous avaient plus ou moins eu la même idée de leur côté.

« Quand les Amazones s'élanceront, proposa Niréus, nous partirons avec elles, Rhomé et moi.

— Ne penses-tu pas qu'un aveugle peut être utile pour combattre dans le noir, en particulier quand un regard de l'ennemi peut tuer ?

— C'est vrai, pardonne-moi, Démodocos. Nous irons tous les trois. Alexiarès restera ici avec Dryops. »

La nuit les trouva prêts. Ils avaient réussi à ramasser des armes dont personne ne voulait. Niréus possédait ainsi son bouclier et une épée usée. Démodocos avait retrouvé son bâton, qu'il préférait à toute autre arme, et Rhomé s'était emparée d'une lance.

Les Amazones sortirent sans bruit, armées de flèches, de piques et de javelots. Elles se déployèrent devant la grotte et commencèrent à ratisser le camp. Sous la lumière pâle de la lune, Niréus les vit courir, parfaitement silencieuses, et prendre position dans le camp.

« C'est à nous », fit le prince.

Il sentit qu'on lui touchait le front, comme une caresse légère. Il se retourna, surpris ; c'était la main blanche d'Alexiarès. Sans qu'il comprît, elle fit de même avec Rhomé et s'enfonça dans les profondeurs de la grotte avec Dryops, qu'elle tenait par la main.

Démodocos, Niréus et Rhomé sortirent à leur tour de la caverne. La lueur blafarde du ciel leur montrait les Gorgones endormies, perchées sur des pitons. Avec leur peau de serpent, on aurait dit des sculptures de pierre.

Les trois compagnons s'avancèrent dans le camp dévasté. Les tentes avaient été renversées, les enclos à chevaux ouverts, et les cadavres des montures gisaient sur le sol, dans des mares de sang noir. Plus effrayant encore, les Amazones pétrifiées au combat formaient un champ de statues figées. C'était une nécropole[1] qu'ils traversaient.

Démodocos se déplaçait devant, plus à l'aise qu'à la lumière du jour. Il avait gardé le souvenir de chaque ornière, de chaque rocher, et savait quand s'arrêter. Niréus le regardait avec stupéfaction. Il se retourna pour prendre Rhomé à témoin, mais celle-ci avait disparu. Il en conclut qu'elle avait dû choisir sa propre voie. Il rejoignit Démodocos.

Pour l'heure, les Amazones faisaient preuve d'une valeur hors du commun. Elles approchaient d'une des créatures endormies, sans doute repue par la chair des

1. Grand cimetière.

chevaux, et la criblaient de flèches. La Gorgone s'écroulait, lourde et flasque.

Pourtant, après la cinquième victime, Niréus vit que les serpents d'une Gorgone éloignée remuaient sous la lune. Ils avaient peut-être senti l'odeur du sang. Ils s'agitèrent et se battirent entre eux, réveillant la créature qui sommeillait encore. Niréus était trop loin pour la tuer ; elle eut le temps d'ouvrir ses paupières écaillées et de pousser un chuintement strident qui éveilla toutes ses compagnes. Elle ouvrait la gueule mais pas un son n'en sortait. C'étaient les serpents qui sifflaient et crachaient à sa place.

Le véritable combat avait commencé. Les Gorgones battirent des ailes et s'élevèrent pesamment dans les airs. Même dans la nuit, on pouvait distinguer les reflets d'or de leur dos. Un insupportable sifflement s'insinua dans tout le camp. Les Amazones refusèrent de battre en retraite ; elles affrontèrent vaillamment les monstres écailleux qui voletaient autour d'elles, cherchant leur regard.

Pendant un moment, la bataille fut équilibrée. Les Amazones, bien rangées, faisaient des ravages parmi les Gorgones, mais ces dernières, une fois la surprise passée, reprirent rapidement le dessus. Il fallut que les guerrières sacrifient l'une des leurs pour détourner l'attention des monstres. La première réussit à faire tuer deux Gorgones.

Malheureusement, les créatures ne s'y laissèrent prendre qu'une seule fois. Elles avaient certainement gardé en mémoire leur précédente bataille contre les Amazones et connaissaient la ruse, à présent inefficace.

Voyant cela, Niréus sut que l'heure était critique. Les Amazones risquaient d'être massacrées ou pétrifiées les unes après les autres. Il s'aperçut que Démodocos était également parti de son côté.

Il entendit dans son dos le sifflement et le battement d'ailes caractéristiques. Malgré lui, il se retourna. Ses yeux cherchèrent les yeux de la Gorgone, comme s'il ne maîtrisait plus son corps. La créature était immense, sa peau froide luisait et exhalait une odeur de charogne. Insensiblement, le regard de Niréus se rapprochait de celui du monstre ; il luttait, mais son magnétisme était invincible. Enfin, il reçut la vision des iris étincelants. Il sentit aussitôt ses membres se raidir, sa peau se craqueler. Il était pris. Il se pétrifiait.

Soudain, pour une raison inconnue, la Gorgone détourna le regard. L'air entra de nouveau dans la poitrine du prince ; sa peau s'assouplit. Il ne comprenait pas pourquoi la créature avait relâché son emprise. Il la vit remuer la tête, comme pour observer le camp derrière lui.

Il leva la main sous les yeux du monstre, qui demeura sans réaction. Niréus comprit alors qu'il était devenu invisible. Alors, pris d'un espoir de salut, il recula et se sauva en courant afin de mettre le plus de distance possible entre lui et la bête.

Une lance venue de nulle part se planta devant lui. Il s'arrêta. Il n'y avait personne. Il tendit les bras à tâtons dans le noir et rencontra un corps souple et ferme, des hanches de femme.

« Rhomé ? »

Il attira la jeune femme contre lui. Elle parut surgir d'une nuée sombre qui la rendait également imperceptible. Il était troublé de la sentir si proche de lui. Elle était grande, pour une femme, et les racines de ses cheveux laiteux arrivaient presque aux sourcils du prince.

« Je ne t'avais pas vu, murmura-t-elle à voix basse.

— Nous sommes invisibles, je crois… »

Il se toucha le front, repensant au geste d'Alexiarès. Était-il possible qu'elle fût magicienne ? Rhomé était toujours contre lui, essoufflée.

« Regarde là-bas », lui dit-elle.

Elle montrait le centre du camp. Les Amazones avaient été décimées par les Gorgones. Ces dernières, qui n'étaient plus qu'une douzaine, avaient lancé un mouvement d'attaque inédit. Retournées, elles s'approchaient des guerrières en battant leurs ailes d'or. Elles les avaient encerclées et les guidaient vers une Gorgone qui l'emportait en taille sur toutes les autres. En un éclair, Niréus devina le but de leur manœuvre : elles allaient obliger les Amazones à fixer la grande Gorgone et à finir pétrifiées les unes après les autres. Les filles d'Arès, dépourvues d'armes de poing, ne pouvaient résister à la rugosité des ailes ; les flèches et les javelots rebondissaient sur l'or.

D'un commun accord, Rhomé et Niréus volèrent au secours des Amazones, que leur reine, blême, encourageait à combattre jusqu'au bout. Ils tentèrent, en mettant à profit leur invisibilité, de percer le cercle meurtrier des Gorgones.

Niréus fit face à l'une d'elles. Le héros avait beau se savoir à l'abri du regard pétrifiant, il ne put la fixer sans un frisson. Un unique coup devait suffire à terrasser le monstre. Il visa la gorge. Le fer partit et trancha dans les écailles. La peau molle s'ouvrit, laissant couler un sang noirâtre.

Le guerrier s'écarta et alla s'attaquer à une deuxième victime. Cette fois, il planta son épée dans le poitrail flaccide [1] de la bête. Les serpents de la Gorgone crachèrent un venin corrosif tandis que les mains difformes de la créature tentaient d'ôter la lame qui la transperçait.

De son côté, Rhomé accomplissait un massacre semblable. Voyant le vent tourner, les Amazones reprirent courage. Elles s'infiltrèrent dans les brèches du mur d'or et jetèrent de nombreux traits sur les Gorgones.

Bientôt, ces dernières furent toutes anéanties. Quelques Amazones subirent encore la pétrification,

---

1. Flasque.

puis le combat cessa. Seule demeurait la grande Gorgone dont les serpents se hérissaient de rage.

On vit alors un bâton se lever et, par trois fois, s'écraser sur le crâne de la créature. Le cartilage céda et la cervelle chaude se déversa dans la poussière. La Gorgone s'affaissa, et apparut derrière elle, couvert d'éclats de sang et de moelle, Démodocos souriant.

Chant 13
La Sibylle prophétise

Au matin, les Amazones dressèrent des bûchers modestes pour les victimes du combat. Celles qui avaient été pétrifiées furent laissées telles quelles et placées à l'entrée de la gorge, sentinelles éternelles, comme un avertissement.

Une à une, les guerrières passèrent devant le corps de Penthésilée et coupèrent leur chevelure au ras du crâne. Bientôt le cadavre fut tout entier habillé de cheveux aux reflets blonds, bruns et roux. La nouvelle reine vint en dernier et sacrifia aussi sa chevelure ornée d'osselets.

Puis, devant le cadavre, on immola des moutons et des bœufs que l'on écorcha. On recueillit la graisse animale et on en couvrit le corps afin qu'il brûle mieux. On ajouta enfin les dépouilles des Gorgones tuées autour du bûcher.

La reine approcha un flambeau et le feu prit au bois sec. Une immense flamme s'éleva, qui brûla longtemps les bûches et les chairs. On jeta alors du vin pour éteindre le feu et on recueillit les os blancs de Penthésilée. La nouvelle reine les plaça dans une urne d'or qu'elle éleva au-dessus d'elle.

« Penthésilée est morte, gémit-elle. La reine des Amazones s'appelle à présent Batiéia ! »

Il n'y eut nulle clameur de félicitations. Les Amazones se dispersèrent lentement dans le camp. La dénommée Batiéia reposa l'urne et se dirigea vers ses prisonniers.

« Vous êtes libres, déclara-t-elle sombrement. Le courage de votre aède a racheté l'échec du garçon. Vous pouvez repartir tous ensemble avec vos récompenses ; gardez le bouclier, l'esclave et les deux mules que les Gorgones ont épargnées. Car les Amazones n'ont qu'une parole. »

Tous s'inclinèrent, émus par le chagrin digne de la reine.

« Salut à toi, Batiéia, dit Démodocos. Je chanterai ce combat dans les cours des Achéens et ils connaîtront ton nom à travers les siècles. »

La souveraine inclina la tête en guise de remerciement.

« Si vous voulez toujours aller à Érythraea, prenez la direction du sud pendant deux jours, puis celle du couchant pendant un jour encore. Lorsque vous apercevrez le rivage de la mer Égée, vous serez à Érythraea. Adieu. »

Suivis de leurs deux mules, les voyageurs quittèrent lentement la gorge et le camp des Amazones en deuil.

* * *

Le voyage se déroulait dans une ambiance lourde, où chacun épiait les autres. Il y avait trop de secrets, de mystères entre les membres du cortège. Ils se turent et marchèrent en silence jusqu'au soir. Aucun incident ne vint perturber leur marche obstinée.

Le repas fut pris en silence. Ils se couchèrent et dormirent, épuisés par les épreuves et les combats nocturnes de la veille.

Le lendemain, le même mutisme reprit les voyageurs. Pas un mot ne fut prononcé jusqu'à la halte du soir. Là, autour du feu qui crépitait, Niréus observa un à un ses compagnons dans les lueurs rougeâtres des flammes.

« Personne ici n'a dit la vérité, déclara-t-il à brûle-pourpoint [1]. Vous m'avez tous caché quelque chose. Demain soir, nous arriverons à Érythraea. J'irai consulter la Sibylle. Si vous refusez de me répondre, nos routes se sépareront car je ne puis voyager avec des personnes en qui je n'ai pas confiance. Les obstacles seront peut-être nombreux sur le chemin de Symé ; vous devez être des alliés indéfectibles. »

Démodocos intervint :

« Tu en demandes beaucoup, prince.

— Commençons par toi, aède, rétorqua Niréus. Comment expliques-tu que, malgré ta cécité, tu sois capable de te battre ? Comment expliques-tu aussi la

1. Directement, brusquement, sans prévenir.

réaction des Satyres et des Alséides devant les accords de la lyre ? »

L'aède resta un instant muet, son visage affichant un air blessé, puis il répondit d'une traite :

« Les Muses m'ont donné le pouvoir d'émouvoir non seulement le cœur des hommes mais aussi celui des animaux et des monstres. Quant à ma cécité, j'ai appris à m'en accommoder en recourant à mes autres sens : le toucher, l'ouïe, l'odorat, le goût. Voilà qui répond à toutes tes questions. Es-tu satisfait ?

— Oui. »

Niréus se tourna vers Rhomé.

« À toi. Dis-nous pour quelle raison tu as changé ton nom et t'es fait passer pour un homme. Et comment tu as acquis cette aisance à l'arc.

— Cela me semble évident, répondit la jeune femme d'une voix grave et dure. Je viens de passer une année entière à chasser dans les bois et les montagnes pour me nourrir. Et puis, crois-tu que Teuthras m'aurait accordé la moindre attention si je n'avais pas été un mâle ? Malgré mes cheveux argentés, il m'aurait dénigrée et je serais demeurée une servante. Je voulais devenir une guerrière ; c'était la seule manière. »

Niréus lui jeta un regard noir et passa à Alexiarès.

« Comment expliques-tu que nous soyons devenus invisibles, Rhomé et moi, pendant le combat contre les Gorgones, après que tu nous as touché le front à chacun ? Ne serait-ce pas un tour de magicienne ?

— Je ne sais pas, marmonna Alexiarès, la lèvre boudeuse. J'ai appelé sur vous la protection des dieux. Je leur ai promis un sacrifice en arrivant à Érythraea. Ils m'ont exaucée. Tout simplement. »

Niréus se contenta de cette explication. Il regrettait presque d'avoir pris à partie ceux qui l'accompagnaient depuis des jours, voire des mois entiers. Ils étaient manifestement blessés de ses questions, mais lui considérait cette étape comme nécessaire.

« Et toi, Dryops, demanda-t-il au garçon. Comment se fait-il que tu aies tous ces poils sur le corps ?

— Je n'en sais rien, bredouilla l'enfant. Ma mère m'a dit que je devais partir à cause d'un oracle… Elle n'a rien ajouté…

— On dirait que ta mère t'a menti, Dryops », constata froidement Niréus.

Il releva la tête et observa de nouveau tous les voyageurs réunis en cercle.

« À présent, est-ce que vous me jurez tous d'avoir dit la vérité ?

— Cela ne te suffit pas de nous interroger à tort et à travers ? s'emporta Démodocos.

— Je fais le serment d'avoir dit la vérité, fit soudain Rhomé.

— Je le jure aussi, ajouta Alexiarès.

— Moi aussi ! » glissa Dryops.

Tous fixèrent l'aède.

« Que choisis-tu, Démodocos ? » demanda Niréus.

Il sentit une sueur froide lui couler dans le dos car il voyait l'aveugle prêt à refuser le serment, or il aurait regretté d'avoir à se séparer de celui qui lui était le plus proche.

« Je jure, entends-tu ? Je jure ! » s'écria Démodocos.

Puis, s'éloignant du cercle, il alla ostensiblement se coucher. Niréus soupira. Il s'allongea et s'endormit en espérant que tout irait mieux le lendemain.

*
* *

Rien n'alla mieux le lendemain.

L'Aurore ouvrit ses doigts roses pour laisser passer le char du soleil.

Les voyageurs repartirent, plus sombres que la veille. Ils arrivèrent à Érythraea au terme d'une journée sinistre.

Érythraea méritait à peine le nom de ville. Ce n'était qu'une modeste bourgade aux maisons blanchies à la chaux dont les murs enchevêtrés formaient des figures géométriques. On y trouvait en outre, au sommet d'une colline, une petite enceinte qui renfermait un contingent de soldats, ainsi que le sanctuaire de la Sibylle.

Niréus ne voulut pas attendre le lendemain pour consulter celle-ci. Il restait encore plusieurs heures avant la fin du jour. Ils troquèrent les deux mules contre cinq coqs et un peu de fromage de chèvre, puis ils se dirigèrent vers la grotte de la prophétesse. Celle-ci se trouvait légèrement à l'écart de la ville, au bout d'un chemin qui serpentait entre le flanc abrupt d'une colline et un profond ravin. Épuisés, ils butaient sur les pierres à chaque pas. Enfin, ils furent en vue de la grotte.

Niréus s'avança, seul, tenant un coq par les pattes. La caverne exhalait des parfums aromatiques. Des os jonchaient l'entrée, comme si un monstre ou une bête fauve vivait ici. Il entra, le cœur battant.

Suivant un long couloir taillé dans la pierre, il s'enfonça dans la montagne. Bientôt, il déboucha sur une salle arrondie, au plafond percé pour faire entrer la lumière du jour. À la verticale du trou s'élevait un trépied qui diffusait en petites volutes de fumée des senteurs précieuses de myrrhe, d'encens, de safran et d'autres que Niréus ne reconnut pas. L'odeur était si forte que la tête lui tourna un peu.

Dans les enroulements voluptueux de vapeur, il distingua le visage d'une très vieille femme. Il était sillonné de rides, comme une pomme flétrie. Assise en tailleur sur une lourde pierre polie, elle mâchonnait sans discontinuer des herbes qui lui faisaient les lèvres et la langue bleues. Niréus s'aperçut qu'il manquait de nombreuses dents à l'ancienne.

« Qui es-tu ? Que veux-tu ? » demanda la Sibylle.

Il fut surpris de sa voix forte, posée, bien plus jeune qu'il ne s'y attendait.

« Je suis Niréus, guerrier achéen. Je reviens de Troie consulter la Sibylle. Pour elle, j'offrirai un coq.

— Laisse donc le coq ici, Niréus. Je me chargerai moi-même de le sacrifier en temps voulu. Allons, laisse partir ce coq ! »

Le guerrier s'exécuta et relâcha l'animal ; celui-ci fit quelques pas hésitants, encore étourdi par le voyage, et s'enfonça dans l'ombre en caquetant. L'attention de Niréus revint sur la Sibylle, qui le fixait avec un regard pénétrant.

« Pourquoi veux-tu me consulter ? demanda-t-elle.

— Je l'ai promis à mon hôte, le roi Teuthras. »

En son for intérieur, Niréus n'attendait guère de résultat d'une telle consultation. Il ne fréquentait pas les prêtres des dieux, ne sacrifiait qu'aux grandes occasions, priait peu.

« Étrange promesse, remarqua la Sibylle. Et quelle réponse viens-tu chercher dans mon antre ? »

La gorge du prince se serra.

« Je veux savoir si mon destin est de rentrer dans mon île de Symé et d'y régner. »

Il hésita une seconde avant d'ajouter :

« Pourrai-je rentrer à Symé ? »

La vieille femme leva des mains parcheminées et parcourues de veines bleuâtres.

« Il est bien trop tôt pour répondre à ta question, Niréus, fit-elle avec un rire de vieillard. D'abord, tu dois me raconter ta vie, depuis son commencement jusqu'à aujourd'hui.

— Ma vie ? fit le prince avec impatience. Je ne comprends pas…

— Fais ce que je te dis si tu veux que je réponde à ta question », trancha la Sibylle, péremptoire [1].

Elle ferma les yeux et attendit le récit de Niréus. Celui-ci pesta intérieurement contre les caprices des vieillards, mais s'exécuta. Il raconta sa naissance à Symé, petite île rocheuse du sud de l'Égée, ses parents doux mais peu affectueux, son enfance tranquille et ennuyeuse.

Il résuma ensuite son départ pour Troie, les trois vaisseaux qui l'accompagnaient, le refus de son père de partir en raison de son grand âge, son angoisse à l'idée de commander autant d'hommes aguerris. Il dit les horreurs de la guerre, le débarquement en Mysie, la mort de la femme de Télèphe, l'exécution de Palamède, fils de Nauplios, la mort d'Achille au pied léger, la chute de la cité troyenne et les crimes des Achéens.

La Sibylle l'écoutait attentivement. Parfois, elle l'interrompait sans ouvrir les yeux et lui demandait d'apporter une précision, un détail supplémentaire. Ses questions étaient vives ; elles mettaient toujours Niréus en face de ses difficultés.

1. D'un ton autoritaire, qui interdit la contestation.

Il exposa ensuite son départ de la plage de Troie, la tempête, la trahison de ses hommes, son échouage sur Lemnos. Il parla de sa rencontre avec Démodocos, de leur voyage en Mysie. Il évoqua le mensonge de Rhomos, devenu Rhomé, les caprices d'Alexiarès, et le petit Dryops, leur lutte commune contre les Amazones puis contre les Gorgones.

Il se tut. La Sibylle ouvrit les yeux ; elle inspira longuement.

« Jeune Niréus, je vais t'exposer ton problème. Tu juges tout sur le modèle de cette guerre de Troie qui te fait croire que tu as tout vécu. Tu exècres les femmes car la guerre est née de la trahison de l'une d'elles, Hélène. Tu méprises les hommes car tu les as vus accomplir toutes les bassesses au cours de ces dix années. Enfin, tu dédaignes les dieux car tu ne comprends pas qu'ils aient pu laisser se commettre tant d'abominations. Toi-même, tu te détestes pour avoir participé à tout cela. Tu ne pourras reprendre ta vie que lorsque tu auras abandonné toute cette haine qui t'habite. »

Niréus se tut. Il ne savait que penser des paroles sibyllines. Il n'eut guère le temps d'y songer, car la vieille femme avait rejeté sa tête en arrière et, les yeux révulsés, les cheveux hérissés, était agitée de spasmes.

« Tu retrouveras ton île perdue ! » déclama-t-elle d'une voix d'outre-tombe.

Le phénomène cessa aussi brusquement qu'il avait commencé. La Sibylle retrouva son attitude tranquille. Elle ne paraissait pas se souvenir de sa transe.

« Maintenant, pars, étranger », le congédia-t-elle.

*
* *

Lorsque Niréus sortit de la grotte, il souriait sans pouvoir s'arrêter. Il ne savait pas si c'était la jubilation d'apprendre qu'il rentrerait à Symé ou bien le soulagement de retrouver ses compagnons, qui l'avaient attendu.

« Je vais rentrer à Symé », dit-il en réponse à leurs regards interrogateurs.

Peu à peu, ils lui sourirent en retour. Ils entrèrent ensuite, chacun à son tour, consulter la prêtresse. Lorsqu'ils sortaient, tous se congratulaient. Les prophéties de la Sibylle étaient favorables. Niréus sentait son cœur déborder de joie.

Ce ne fut que bien plus tard qu'il apprit que sa consultation auprès de la Sibylle avait duré trois jours entiers.

Chant 14
Le jugement de Zeus

Zeus, souverain des dieux, se gratta la barbe avec colère. Devant lui, Poséidon et Athéna semblaient presque penauds. Il posa sur eux un long regard irrité.

« J'ai appris que vous vous querelliez à propos du mortel Niréus », dit-il de sa voix de tonnerre.

Et la foudre, qu'il tenait dans sa main droite, grésilla. Les colonnes de la demeure des dieux vibrèrent.

Poséidon, dieu de la Terre et de la Mer, agita ses cheveux éternellement flottants, bleutés comme le fond des eaux, et s'avança en frappant le sol de son trident.

« Quand Hermès est venu me trouver, au fond des océans, j'ai aussitôt pris mon char et je suis monté vers l'Olympe. Je ne m'en cache pas : j'ai soulevé la tempête qui a emporté le navire de Niréus au retour de Troie. J'ai également envoyé les Gorgones, mes filles, pour le combattre.

— Pourquoi t'en prendre à lui ? interrogea Zeus.

— Niréus a refusé de participer au sacrifice que les Achéens m'ont offert avant de rentrer chez eux, fit le dieu ébranleur du sol. Il s'entête à vouloir échapper à ma colère en voyageant par les terres. Cet homme méprise les dieux que nous sommes. Jamais il ne nous accorde la moindre prière, le moindre sacrifice. Il croit pouvoir vivre sans nous, et c'est cela qui provoque ma colère ! »

Après avoir parlé, il se recula et ce fut au tour d'Athéna, la déesse aux yeux de chouette, de s'avancer pour prendre la parole :

« Poséidon se trompe lorsqu'il affirme que Niréus méprise les dieux. Il les ignore simplement. Jamais on ne l'a vu commettre de sacrilège, ni prononcer de blasphème. Il n'a jamais pillé un temple, ne s'est jamais vanté de l'emporter sur un dieu. Pourquoi nous ignore-t-il ? Je crois avoir la réponse. Il n'est pas né, comme beaucoup de héros achéens, d'un dieu ou d'une déesse. Que lui avons-nous apporté au juste ? Un royaume insignifiant, une beauté détruite ? Si nous voulons, comme Poséidon, qu'il reconnaisse l'importance des dieux, nous devons non pas le punir, mais lui apporter notre aide. Ainsi il nous rendra grâce. C'est pour cette raison que je suis venue au secours de ses compagnons lorsqu'ils ont lutté contre les Amazones. J'ai fait glisser le disque de la main d'une des concurrentes et j'ai dévié la flèche d'une autre. Dans le combat contre les Gorgones, j'ai enveloppé Niréus d'un voile de brume afin qu'il soit invisible aux autres. »

La déesse s'était exprimée de son ton calme et majestueux. Elle fit un pas en arrière. Poséidon et Athéna attendirent la décision de Zeus.

« Vous avez bien parlé, l'un comme l'autre, dit le roi des dieux. Cependant, le destin de Niréus n'est pas de votre ressort. À partir de cet instant, je vous interdis d'intervenir auprès de ce mortel, d'une manière ou d'une autre. »

Il se tourna vers son frère :

« Poséidon, laisse-le voyager sur terre et sur mer sans lui opposer d'obstacles. »

Puis, s'adressant à sa fille :

« Athéna, ne lui viens plus en aide dès qu'il est en difficulté. Il doit suivre son destin. J'ai dit. »

Poséidon s'inclina et sortit, non sans lancer un regard sombre à la déesse guerrière. Cette dernière demeura devant Zeus, silencieuse.

« Eh bien, ma fille, toi qui portes mon bouclier, que veux-tu encore ?

— Père, je suis venue t'avertir que j'ai poursuivi mon enquête au sujet des héros achéens qui retournent chez eux.

— Parle, fit Zeus, le front plissé.

— Te souviens-tu de Diomède ?

— Comment pourrais-je oublier le fils de Tydée ? s'irrita Zeus.

— Lorsqu'il est rentré chez lui, à Argos, sa femme lui était devenue infidèle. Elle a essayé de le faire assassiner et il a sauvé sa vie en se réfugiant sur l'autel d'une déesse. Depuis, il aurait fui la ville pour l'Italie. Et ce n'est pas tout : Idoménée, le roi de Crète, a été tué en rentrant chez lui par l'amant de sa femme. Même le chef des Achéens a été victime d'une semblable traîtrise dans son propre palais de Mycènes. Sa femme l'attendait avec un amant. Ils l'ont convié à un banquet et vingt hommes l'ont frappé en plein repas. »

Zeus s'assombrit. Un voile de contrariété passa sur ses nobles traits.

« Quel est ton avis, déesse ?

— Selon moi, exposa Athéna, c'est la même personne qui a allumé le feu au cap Capharée [1] et qui a suborné [2] les femmes de ces héros. Il peut s'agir d'une vengeance…

— Les Troyens sont nombreux à vouloir se venger, commenta Zeus. Il ne sera pas facile de trouver le coupable.

— Je le trouverai », promit la déesse guerrière.

Sur ces mots, elle quitta le séjour des dieux, perché au sommet des nuages. Zeus demeura seul. Même achevée, la guerre de Troie continuait à faire des victimes. Les hommes s'entretuaient, accusant les dieux de leur envoyer des maux sans fin, quand ils ne faisaient qu'aggraver par leur sottise les malheurs assignés par le sort.

Le roi des dieux se renfonça dans son trône d'or. Il songea à Hébé. Où était-elle, sa fille préférée, dont les

---

1. Voir chant 7.
2. Séduit.

jeux enfantins venaient adoucir l'amertume du pouvoir ? Il aimait la voir passer au milieu d'une assemblée, déranger tout le monde, l'interrompre dans ses sombres pensées, renverser le nectar.

Il se redressa, frappé par une idée. Tôt ou tard, la déesse aurait besoin de consommer la nourriture des dieux, sans quoi elle s'affaiblirait de jour en jour. Il se rappelait jadis, lors de la guerre des dieux et des Géants. Ces derniers avaient réussi à enchaîner Arès et à l'enfermer dans un pot de bronze. Il y était resté treize mois. Quand Hermès l'avait finalement délivré, il était dans un état d'épuisement extrême.

La voix du roi des dieux résonna dans le palais immaculé :

« Iris ! » tonna-t-il.

Aussitôt, la messagère des dieux survint, glissant sur son arc-en-ciel. Elle était toujours honteuse d'avoir été bernée [1] par Hébé.

« Iris, dit Zeus avec douceur. Va trouver Hermès, où qu'il soit, et fais-le venir auprès de moi. »

La déesse obéit sans tarder. Elle plongea des cimes de l'Olympe et s'envola vers les terres des hommes.

---

1. Trompée.

Chant 15
Retour à Symé

Niréus humait l'air salé. Tout avait des parfums différents à présent qu'il se rapprochait de Symé. À chaque îlot, il croyait apercevoir sa patrie, à chaque récif, il pensait débarquer dans son royaume. La mer était d'un bleu pur, et l'on voyait des poissons se faufiler sous la plaine liquide. Le ciel aussi était serein.

Après quelques jours d'attente, ils avaient embarqué sur un navire marchand à trois rangs de rameurs qui faisait escale dans plusieurs villes de la côte de Lydie. Son propriétaire, Phyliros, était le seul à vendre des rouleaux en fibre de tilleul. C'était la membrane se trouvant entre le tronc et l'écorce de cet arbre que l'on recueillait et sur laquelle on écrivait en caractères phéniciens. Le marchand, avec son teint mat, son nez busqué, sa taille élancée, était lui-même originaire de Phénicie ; il portait le vêtement long, riche et coloré de cette région.

Il avait été convenu que les passagers payeraient leur voyage avec les chants de Démodocos car, comme le disait Phyliros avec enthousiasme, « dans ce pays, il y a une histoire sous chaque pierre ». L'aède œuvrait donc tous les soirs, et les marins comme les rameurs s'arrêtaient pour l'écouter.

La croisière durerait six jours. Trois avaient déjà passé. Les compagnons de Niréus étaient peu à peu contaminés par la joie qui rayonnait en lui. Ils étaient souriants, détendus. Ils mangeaient avec appétit les galettes de blé frottées d'ail et d'huile d'olive, ou bien trempées dans le vin et accompagnées de fromage de chèvre.

« Que vas-tu faire quand tu seras à Symé ? » demanda Dryops, un soir qu'ils se couchaient sur le pont pour dormir sous les étoiles.

« J'irai voir mes parents et j'apprendrai à connaître mon royaume afin de succéder à mon père. »

Seule Alexiarès ne partageait pas l'allégresse commune. Elle était pâle et irritable. Niréus la taquinait sur le mal de mer.

« Comment vas-tu te faire reconnaître ? En dix années, tu as beaucoup changé, argumenta-t-elle. Tu arrives sans hommes, sans nefs, sans armes, sans butin. Tu n'as nulle preuve que tu es bien Niréus. »

Niréus caressa sa cicatrice, mais cette allusion à sa balafre ne suffit pas à lui faire perdre sa bonne humeur.

« Ma ressemblance avec mes parents ne pourra pas être niée, répliqua-t-il. D'autre part, je connais assez d'anecdotes sur le palais pour prouver mon identité. »

Quelques notes de lyre retentirent dans le noir, Démodocos accordait son instrument. Il ne jouait qu'à la nuit tombée car les marins étaient friands d'aventures célestes, et plus particulièrement de l'origine des étoiles. Chaque soir, l'aède révélait la création d'une étoile ou d'un groupe d'étoiles. Niréus le soupçonnait d'inventer, tant ses histoires étaient invraisemblables, mais il n'avait jamais pu le prendre en flagrant délit de contradiction.

« Ce soir, annonça Démodocos, je vais vous apprendre comment apparut la constellation de Neige. »

Plusieurs mains s'élevèrent pour désigner ladite constellation, qui ressemblait à une pluie d'étoiles scintillantes jetées là par une main négligente.

« Il y a bien longtemps de cela, vivaient les Telchines. Ils étaient fils de l'Océan et de la Terre et vivaient à Rhodes. C'étaient des démons à la fois marins et terrestres dont le regard terrible était chargé de maléfices. On dit qu'ils inventèrent la sculpture et qu'ils eurent, les premiers, l'idée d'offrir des statues aux dieux. Ils pouvaient également changer de forme, faire tomber la pluie et la grêle. Mais ces grands magiciens étaient jaloux de leurs pouvoirs, et l'on ne connaît pas ceux qu'ils tinrent secrets. »

Niréus se laissait bercer par la voix modulée de l'aède. Toutes ses pensées le conduisaient vers Symé. Il voyait encore la plage qu'il avait quittée dix ans auparavant. C'était une petite crique bordée de récifs où le sable était si fin que l'on avait à peine l'impression de le fouler au pied.

« … Pour toutes ces raisons, on confia aux Telchines l'éducation de Poséidon, l'Ébranleur du sol. Ils avaient une jeune sœur qui tomba amoureuse du dieu des Mers. Elle s'unit à lui et ils conçurent six fils et une fille. La fille fut appelée Rhodos et donna plus tard son nom à l'île de Rhodes… »

Niréus sentait sur lui le regard de Rhomé. Ce n'était pas la première fois qu'il surprenait ses yeux noirs posés sur lui. Elle conservait un visage impassible, mais il savait qu'il ne lui était pas indifférent. D'ailleurs, ils se ressemblaient un peu, avec leur haute taille, leurs traits fiers, parfois hautains.

« … Les Telchines, poursuivait Démodocos, décidèrent d'inventer une nouvelle forme de précipitations. Ils en avaient assez de la pluie et de la grêle. Zeus ne leur permettait pas souvent d'en user sur le monde. Ils avaient voyagé et vu d'autres pays des confins, où, à la différence d'ici, il existait deux saisons. Il y avait l'été, comme le nôtre : chaud, sec, ensoleillé. Et puis il y avait l'hiver : une saison froide, humide et sombre. L'idée avait plu aux Telchines. Ils créèrent alors une femme qu'ils baptisèrent Neige. À chacun de ses gestes et de ses mots, elle dégageait un grand froid autour d'elle et elle laissait tomber des filaments très fins, semblables à de la laine, qui s'accumulaient sur le sol au point de former une couche épaisse et compacte, toute blanche.

Les Telchines envoyèrent Neige en périple autour du monde. Quand elle se trouvait dans un endroit, l'hiver s'installait, tandis que l'autre moitié du monde était en été. Puis elle se déplaçait et cette seconde moitié de monde connaissait l'hiver à son tour… »

Niréus ne put s'empêcher de lancer un regard à Rhomé, dont la chevelure laiteuse rivalisait avec la lune. Elle lui rendit son regard, et il fut parcouru d'un frisson glacé. Au cours du voyage, il avait appris à connaître sa beauté noble et discrète, loin de la sensualité débordante d'Alexiarès. Parfois, juste avant de dormir, il s'imaginait épousant Rhomé et faisant d'Alexiarès sa maîtresse. Ses rêves en étaient plus doux.

« … mais, gronda soudain l'aède, les paysans se rendirent compte que Neige tuait les plantes, brûlait les récoltes. Déméter, déesse des Moissons, alla se plaindre à Zeus. Celui-ci l'écouta, acquiesça en fronçant les sourcils. Il fit enlever Neige par son aigle et la transforma en constellation. C'est ainsi que jamais neige ne tombe sur notre monde. Quant aux Telchines, ils voulurent se venger de Déméter, alors ils allèrent recueillir de l'eau du Styx, le fleuve des Enfers, et en jetèrent sur l'île de Rhodes, qui devint aussitôt stérile. Voyant cela, Zeus fut pris d'une grande colère. Il foudroya les Telchines et les envoya au fond des mers. Ainsi disparurent les Telchines. Mais certains murmurent qu'ils attendent toujours, au fond des mers, l'heure de leur revanche ! »

Démodocos acheva son récit sur quelques accords mystérieux. Les marins manifestèrent bruyamment leur joie puis tous, à part les hommes de quart, allèrent se coucher. L'aède rejoignit ses compagnons, qui le félicitèrent à leur tour. Niréus observa encore Rhomé à la dérobée, mais l'éclat qu'il y avait entrevu un moment n'était plus là.

Il se retourna sur la couverture et ne tarda pas à s'endormir.

*
* *

Le chasseur noir ouvrit les yeux. Il n'avait pas été difficile de s'embarquer sur le même navire que Niréus. De là où il se trouvait, il pouvait entendre la respiration du guerrier. C'était un souffle doux, régulier, paisible.

Sur le pont, tous les marins, les rameurs, les passagers dormaient. Le chasseur noir fit quelques pas entre les corps endormis. Il aimait cette sensation de puissance, l'idée de contempler son adversaire désarmé à ses pieds.

Son maître d'école lui avait appris que le pouvoir véritable est celui d'un homme qui regarde passer un insecte et se refuse à l'écraser.

Le chasseur noir n'était pas de cet avis.

Niréus n'était pour lui qu'un être venimeux, un fauve barbare. Il serait bon de l'écraser. Pourtant, le chasseur noir s'interrogea. Pourquoi n'avait-il pas encore frappé ? Il avait pourtant eu Niréus à portée de main quand il se battait contre les Amazones…

Là encore, il suffisait d'un coup d'épée, d'une lame passée contre sa gorge. Le chasseur noir n'avait qu'à tirer son arme. Niréus était là, offert, vulnérable. Il ne resterait qu'à laisser le cadavre sur place et à s'enfuir à la nage. Les terres n'étaient jamais qu'à quelques milliers de pas.

Cette fois, l'île natale de ce pitoyable héros était proche. Le chasseur noir trouverait le moyen de le faire souffrir mille fois ce que lui-même avait souffert. Le guerrier avait retrouvé des compagnons, un foyer, de l'espoir. Il s'abattrait au moment où il se croirait sauvé.

Le chasseur noir se rendit à la proue du navire. L'air était doux. Il se laissa aller quelques instants à sentir la brise lui caresser le visage.

*
* *

Ils arrivèrent en vue de Symé trois jours plus tard, dans la matinée. De loin, l'île ressemblait à un morceau de montagne lancé à la mer. En approchant, ils remarquèrent à travers des brèches que les terres étaient en fait entourées d'une barrière rocheuse formant une muraille naturelle. La mer s'engouffrait dans ces brèches pour y faire bouillonner ses eaux transparentes sur le sable blond.

Les compagnons de Niréus affichèrent un air déçu. L'île était petite, rocheuse ; on devait pouvoir en faire le tour entre l'aube et le crépuscule. Le prince les rassura :

« Symé n'a l'air de rien, vue de l'extérieur. Il faut y pénétrer pour découvrir ses richesses. Mon père dit toujours qu'elle est un vieux coffre vermoulu qui renferme des trésors insoupçonnés. »

Le navire marchand s'arrima le long d'un ponton. La configuration de l'île ne permettait pas la construction d'un port, même modeste. Ils firent leurs adieux à Phyliros.

« Je repars demain pour Rhodes, annonça-t-il. Si jamais Démodocos a encore des histoires dans sa lyre, il peut embarquer quand il veut sur mon navire ! »

Ils laissèrent le marchand, qui faisait débarquer plusieurs cassettes remplies de rouleaux. Il allait les présenter au roi de Symé afin de les vendre. Il ignorait qu'il avait transporté le prince héritier de l'île car Niréus avait refusé d'en dire le moindre mot.

Le guerrier en tête, les passagers s'avancèrent sur le pont. Un soldat en gardait l'extrémité. Son bouclier portait l'emblème syméen du roc entouré de vaguelettes. Il barra le passage de sa lance devant les arrivants.

« Que venez-vous faire dans l'île de Symé, étrangers ?

— Nous venons profiter de son hospitalité légendaire », rétorqua Niréus.

Rhomé, qui avait sans doute aperçu la colère dans les yeux du prince, prit les devants.

« Nous venons voir le roi de Symé, dit-elle doucement, une main posée sur l'épaule de Niréus.

— Ah, vous venez tenter votre chance avec l'épreuve, fit le soldat en baissant son arme. Eh bien, passez ! »

La main de Rhomé se resserra sur l'épaule de Niréus.

« Quelle épreuve ? demanda le prince d'une voix blanche.

— Celle qui désignera le successeur du roi, bien sûr ! Vous n'êtes guère renseignés pour des guerriers qui viennent passer l'épreuve », ajouta-t-il, suspicieux.

Niréus se dégagea brutalement de l'étreinte de Rhomé et avança, hagard.

« Pourquoi faut-il un successeur au roi de Symé ? s'enquit la guerrière.

— Le régent en a décidé ainsi », répondit le soldat avec indifférence.

Il semblait en avoir assez des questions.

« Vous verrez bien devant le palais », conclut-il pour clore la conversation.

Niréus s'était avancé d'une trentaine de pas sur le sentier. Il s'était arrêté devant un tertre couvert d'herbes folles. Agenouillé, il paraissait frappé par la foudre. Ses compagnons s'approchèrent du tumulus.

« Que voyez-vous ? demanda Démodocos.

— Il y a un tombeau sur lequel est apposée une plaque, expliqua Rhomé. Il y est écrit : “Ceci est la tombe du roi Charops et de la reine Aglaea.” »

Niréus poussa un gémissement étranglé. Ses mains se crispèrent sur la pelouse, dont il arracha des lambeaux entiers. Rhomé et Alexiarès se précipitèrent pour le soutenir. Il les repoussa.

« Laissez-moi ! » hurla-t-il.

Il se releva. Il fit basculer le baudrier qui maintenait son bouclier sur son dos et partit d'un pas décidé vers la ville. Dryops se suspendit au bras du prince.

« Ne va pas là-bas, supplia-t-il. Ils vont te tuer ! »

Niréus, d'un revers de main, fit rouler l'enfant dans la poussière et continua son chemin.

Ses compagnons en furent réduits à le suivre. Ils traversèrent une partie de l'île, dont l'intérieur était aussi verdoyant que l'avait dit Niréus. Ils passèrent à côté de vergers dont les arbres croulaient sous les fruits, de champs de vignes, de petits villages aux murs blancs et aux toits de chaume.

Ils furent bientôt en vue de la citadelle de Symé, qui renfermait le palais royal. L'édifice était construit au sommet d'un plateau de pierre qui dominait la mer. Malgré ses dimensions modestes, ses remparts en pierres cyclopéennes, la place forte ne manquait pas d'un certain cachet [1].

---

1. Ne manquait pas de style, de charme.

Aveuglé par la rage, Niréus ne ralentit pas le pas à l'entrée des murailles. Lorsqu'un garde voulut l'arrêter, il l'assomma d'un coup de poing. Il pénétra sur la place du marché, dominée par la citadelle, où quelques paysans avaient étalé leurs marchandises : du bétail, du lait, des sacs de blé, des plantes aromatiques séchées. Cela créait une atmosphère riche en bruits et en senteurs.

Niréus ne regarda rien de tout cela. Il se planta au centre de la place et hurla en direction du palais :

« Je suis le prince Niréus ! Je suis l'héritier du trône ! Le régent, quel qu'il soit, est un usurpateur ! »

Les paysans reculèrent prudemment tandis que des gardes avançaient, lances pointées vers Niréus. Les compagnons du prince arrivèrent à cet instant. Les hoplites commencèrent à encercler le fauteur de troubles.

« Je suis Niréus, fils du roi et de la reine de Symé ! reprit le guerrier. Je viens reprendre mon dû ! »

Un homme aux traits desséchés par les années, cheveux et barbe blanchis, apparut sur la terrasse qui surplombait le marché. Il jeta un œil sévère à Niréus. Sans un mot, il fit signe aux gardes de refouler l'intrus.

« Viens te battre, lâche ! » écuma Niréus.

Les gardes se resserrèrent autour de lui. Il n'avait pour se défendre que son bouclier. Les hoplites voulurent le repousser de la pointe de leurs lances. Dès que les soldats furent à sa portée, Niréus brisa la première pique sous son pied droit. Il pivota et, abrité derrière son bouclier, il détourna les coups de ses assaillants.

C'était la première fois qu'il affrontait des soldats depuis son départ de Troie. Il sentit remonter en lui ses réflexes de guerrier, le souffle du combattant. Son cœur battit plus fort. Il se déplaça avec une vitesse accrue. Les gardes du palais ne feraient pas le poids contre lui. Il était accoutumé à combattre des héros.

Du tranchant de son bouclier, il rompit encore plusieurs piques. Il chargea les soldats rassemblés qui se pressaient les uns contre les autres, effrayés par ce guerrier inconnu qui semblait possédé par une ivresse divine. Il heurta le mur de soldats avec une telle violence qu'il en étourdit trois d'un seul coup.

Les gardes étaient de plus en plus nombreux autour de lui, mais cela ne l'effrayait pas. Le guerrier avait à la bouche le goût du sang ; il devait étancher sa soif de meurtre. Il ramassa une des pointes qu'il avait cassées et la brandit comme une épée. Un adversaire s'approcha de lui, le héros lança sur lui le tronçon de pique si férocement qu'il cloua sa tunique à la planche renversée d'un étal.

Deux Syméens lui bondirent dessus, essayant de le ceinturer et de le renverser. Niréus défit leur étreinte sans effort et leur broya les doigts. Il les attrapa par la nuque et fit se heurter les deux crânes casqués. L'un des casques se fendit sous le choc. Ses adversaires n'étaient que des nains pitoyables. Il était invincible. Avec un rire sauvage, Niréus cueillit une seconde pointe, bien décidé à faire un carnage autour de lui. Il visait déjà la gorge du garde le plus proche quand il sentit une douleur sur son crâne. On l'avait frappé par-derrière. Terrassé, il laissa tomber son bouclier. Un voile noir montait devant ses yeux. Il eut à peine le temps de se retourner et d'apercevoir Démodocos, le bâton encore en main, qui faisait signe aux soldats de rester à l'écart.

Il s'évanouit.

Chant 16
L'épreuve

Niréus reprit lentement ses esprits. Il aperçut l'aède qui attendait son réveil. Le prince avait été étendu à l'ombre d'un arbre.

« Tu m'as assommé, grogna-t-il à l'adresse de Démodocos.

— Remercies-en les dieux ! lui rétorqua ce dernier. Rhomé m'a prévenu quand elle a vu des archers encocher des flèches et te mettre en joue. Si nous t'avions laissé continuer, tu aurais été abattu…

— Quelle importance ?

— Ils nous auraient également tués, Alexiarès, Rhomé, Dryops et moi. Je ne voulais pas que cela arrive. »

Niréus se redressa. Ses autres compagnons n'étaient pas loin. Alexiarès, toujours pâle de son mal de mer, était adossée contre une pierre plate. À quelques pas de là, Dryops jouait aux osselets avec Rhomé. Lorsqu'ils virent que le guerrier était debout, ils vinrent à lui.

« Tu ne souffres pas trop ? s'enquit Dryops en montrant sa tête. Démodocos a frappé très fort. Il ne voulait pas que tu tues les soldats. »

Le visage du petit garçon s'éclaira.

« Tu t'es battu comme un lion. Ils étaient trente contre toi et tu les as tous repoussés, rien qu'avec ton bouclier ! Comme ça : paf, boum ! »

Il mima le combat épique que Niréus avait mené. Rhomé lui caressa doucement la tête.

« Il a été très impressionné, et nous aussi, ajouta la guerrière sans chercher à dissimuler son admiration. Tu aurais pu prendre la citadelle à toi tout seul. Pour la première fois, j'ai vu ce qu'était un guerrier au combat...

— À ce sujet, intervint Démodocos, nous avons dû raconter que tu étais sujet à de fréquentes possessions des dieux qui te mettaient dans un état de fureur meurtrière. Le régent a accepté de nous entendre. Heureusement qu'aucun de ses soldats n'a été gravement touché. Ce ne sont que des plaies et des ecchymoses [1] ; seul leur honneur est un peu froissé.

— On ne nous expulsera pas de Symé, renchérit Rhomé. Nous pourrons bientôt participer à l'épreuve qui désignera le successeur. »

Niréus frotta vigoureusement la bosse qui ornait l'arrière de son crâne.

« Qui est ce régent si magnanime ? fit-il en grimaçant. Avez-vous appris autre chose ? »

Ils secouèrent négativement la tête.

---

1. Des bleus.

« Le régent va bientôt accueillir les prétendants au trône, dit Démodocos. Il donnera des explications à ce moment-là.

— Quand et où aura lieu cet accueil ? demanda Niréus.

— Sur la place, quand le char du soleil aura atteint le point culminant de sa course. »

Niréus leva les yeux vers l'astre à la chevelure d'or ; il était presque au zénith. Sans attendre, il se mit en route vers la citadelle. Ses compagnons le suivirent tant bien que mal.

Ils pénétrèrent de nouveau à l'intérieur des murailles, sous le regard circonspect [1] des gardes. Ceux-ci avaient manifestement reçu des ordres, car ils ne s'opposèrent en aucune manière à leur arrivée.

Les dégâts occasionnés par Niréus avaient été réparés ; les étals étaient de nouveau sur pied, les marchandises écrasées avaient été ôtées. Les paysans étaient plus nombreux encore que tout à l'heure. Ils pensaient sans doute pouvoir vendre leur production auprès des prétendants.

Le guerrier chercha des yeux ses rivaux. Il remarqua un groupe d'aventuriers qui s'étaient réunis au centre de la place, avec l'air d'attendre le régent. Ils ne payaient guère de mine, malgré leurs armes, leurs muscles et leurs cicatrices. Un seul lui parut dangereux.

---

1. Attentif.

C'était un Abante, reconnaissable à sa coiffure. Ce peuple belliqueux avait pour coutume de se raser les cheveux au-dessus du front afin qu'ils ne puissent être empoignés par l'adversaire. Il portait un bouclier et plusieurs lances de frêne. Niréus avait combattu aux côtés d'Abantes pendant la guerre de Troie, et il connaissait leur ardeur au combat. Le guerrier le remarqua également et le toisa avec hauteur.

« Attends, Niréus, voici ton bouclier ! » haleta Alexiarès en courant à lui.

Le prince s'en saisit et remarqua les yeux cernés de la jeune femme.

« J'ai soif, gémit-elle en se tenant le ventre.

— Elle nous fait une véritable comédie depuis la traversée », dit Rhomé en arrivant.

Alexiarès voulut rétorquer, mais un murmure de la foule indiqua que le régent venait de paraître à sa terrasse. L'homme au visage buriné et à la longue barbe blanche était revenu. Il regarda à peine les candidats à l'épreuve et commença son discours :

« Guerriers venus de loin pour subir l'épreuve, soyez les bienvenus à Symé la rocheuse. Comme vous le savez déjà, le roi et son épouse sont morts l'an dernier dans l'épuisement de leur âge. Leur fils unique étant parti à Troie, le peuple de Symé a bien voulu me nommer régent en raison du temps que j'ai passé à accompagner les derniers jours du roi et de la reine. Ce fils unique, héritier du trône, est mort à Troie. Je le sais de source sûre. Des soldats qui l'accompagnaient sont venus en témoigner. »

Niréus serra les poings jusqu'à faire blanchir ses phalanges. Dans sa colère et son chagrin, il éprouvait un autre sentiment. Ce vieillard lui semblait étrangement familier, comme s'il l'avait déjà rencontré ailleurs. Il fouilla quelques instants dans sa mémoire. Ne trouvant pas, il se concentra de nouveau sur le discours.

« Depuis la mort du roi, un serpent géant, ou plutôt une hydre, s'est installé dans la seule source de l'île. Depuis, cette hydre empoisonne notre eau, nos cultures, nos troupeaux. L'olivier pourrit sur pied, le lait de chèvre sent le soufre, le bétail meurt. Si l'un de vous ne nous débarrasse pas de ce fléau, Symé sera bientôt morte. En récompense, si vous apportez la preuve que vous avez tué l'hydre, vous recevrez la couronne de Symé de mes mains et vous régnerez comme souverain légitime du lieu. Allez, braves prétendants au trône, l'hydre vous attend dans sa source, de l'autre côté de l'île ! Mais soyez prudents, nombreux sont ceux qui y ont laissé la vie… »

Niréus n'écouta pas la fin du discours. Il regardait le peuple de Symé, son peuple, et il voyait à présent sur les visages les marques du poison. Les traits des Syméens étaient creusés, leur regard était morne. Il prit un fruit sur un étal et le fruit éclata dans sa main, suppurant un liquide bleuâtre. Symé mourait. Son île mourait.

*
* *

« Qu'attendons-nous ? »

Dryops fut le seul à oser poser la question. Depuis un long moment, les compagnons patientaient, assis sur le gazon. Niréus ne voulait pas bouger. Allongé sur le dos, le visage tourné vers le ciel, il demeurait immobile. Rhomé s'impatienta :

« Depuis des jours, nous courons pour rejoindre ton île et, maintenant que nous y sommes, tu ne veux plus rien faire. »

Elle recula d'un pas lorsque Niréus se mit sur ses pieds d'un bond.

« Nous pouvons y aller, dit-il.

— Où ?

— Mais tuer l'hydre ! »

Niréus partit et s'enfonça dans un petit bois frais. Les autres lui emboîtèrent le pas.

« Tuer l'hydre, mais nous ne sommes pas de taille ! » protesta Rhomé.

Démodocos suivait tant bien que mal, guidé par le petit Dryops.

« Nous n'avons même pas d'arme ! s'écria-t-il.

— Nous en trouverons, rétorqua Niréus.

— Comment comptes-tu faire, prince ? s'enquit l'aède. Assommer l'hydre à coups de bouclier ? L'effrayer avec une branche d'arbre ?

— Nous en trouverons, répéta Niréus. Pourquoi croyez-vous que j'aie attendu ? Les autres prétendants se sont précipités à la source. À cette heure, ils doivent être morts. Leurs armes sont donc à nous. »

Rhomé l'arrêta en lui tenant le bras. Elle le força à se retourner.

« Comment peux-tu être certain qu'aucun prétendant ne réussira l'épreuve ?

— Je sais juger les hommes. Pas un seul de ceux que j'ai vus sur la place du marché n'est capable de vaincre une hydre. À part l'Abante…

— Je ne comprends pas, s'étonna la jeune femme. Pourquoi alors lui laisser tout le temps de réussir ? »

Niréus lui lança un regard d'une noirceur absolue.

« Il y a deux raisons à cela : s'il échoue, il sera mort et me laissera ses armes ; s'il réussit, je l'affronterai et le tuerai. »

Démodocos poussa un long soupir de réprobation.

« Pour retrouver mon trône, je suis prêt à tout, reprit Niréus en s'efforçant au calme. Ces charognards ne s'accapareront pas[1] mon île ! »

Ils reprirent leur route à travers le petit bois. En chemin, Niréus leur expliqua la disposition des lieux. La source se trouvait dans un coin de l'île, tout contre la barrière naturelle de roches. Le prince y était allé

---

1. Ne confisqueront pas.

souvent dans son enfance et s'était baigné dans ses eaux limpides.

Lorsqu'ils se trouvèrent devant une haute muraille de pierre, ils surent qu'ils étaient arrivés au bord de Symé. Ils continuèrent en longeant l'enceinte déchiquetée. Au bout d'une centaine de pas, ils s'arrêtèrent auprès d'un squelette qui tenait encore une épée en main.

« Ce doit être l'un des premiers prétendants de tout à l'heure, diagnostiqua Niréus en se penchant.

— Pourquoi est-il déjà... décomposé ? balbutia Dryops.

— L'hydre émet un poison très puissant. Plus nous nous rapprochons, plus ce poison est virulent. Je pense qu'il lui a suffi de quelques heures pour ronger la peau et les chairs. »

Niréus ramassa l'épée et poursuivit sa route. Ils rencontrèrent un deuxième corps, moins abîmé que le premier. Sa peau noircissait par endroits. Rhomé, malgré sa répugnance à détrousser un cadavre, le dépouilla de son arc et de son carquois.

Le troisième corps qu'ils trouvèrent fut celui de l'Abante. Il se traînait dans l'herbe, laissant derrière lui un sillon de sang. Il était marqué de blessures atroces. Apercevant Niréus et ses compagnons, il tendit vers eux une main tremblante.

« Le poison... gémit-il. Impossible à... »

La main retomba. L'Abante était mort. Alors que les autres affichaient un masque d'effroi, Niréus se pencha sur le cadavre sans montrer la moindre émotion. Il souleva le corps puissant dans ses bras.

« Rhomé, aide-moi, ordonna-t-il. Alexiarès, Dryops, prenez-lui ses lances ! »

Le prince escalada la paroi rocheuse en portant le guerrier mort. Avec le secours de Rhomé, il parvint à le hisser au sommet de la barrière. De là, la mer s'étirait à l'infini. Quelques vaguelettes troublaient à peine la surface unie de la plaine stérile. Avant que la guerrière ait eu le temps de réagir, Niréus avait attrapé un bras et une jambe du cadavre et l'avait envoyé de toutes ses forces dans la mer.

Le défunt plongea dans les eaux et fut immédiatement entouré d'un bouillonnement furieux. On voyait de grandes queues de poisson battre les flots, des griffes de lion dépecer le cadavre, et parfois des visages humains déformés par une férocité animale.

« Des Ichthyocentaures, murmura Niréus. Ces carnassiers mi-hommes mi-poissons ont dû être attirés par le sang. Je ne dois pas être le premier à lancer un cadavre à la mer... »

Après un instant, les remous se calmèrent et la mer redevint calme. Seuls quelques filaments rougeâtres mêlés à l'écume témoignaient encore de la scène horrible qui venait d'avoir lieu.

« Qu'ainsi périssent tous ceux qui en auront après mon trône », lâcha Niréus, impitoyable.

Puis il descendit retrouver ses compagnons.

« Si vous voulez survivre à cette hydre, vous devez suivre mes instructions à la lettre. »

La mine grave, tous hochèrent la tête. Niréus fut heureux de constater que pas un seul ne refusait le combat.

« Une hydre est un animal immense, rapide et souple. Pour la vaincre, nous devons compter sur notre nombre. Alexiarès et Dryops, vous êtes chargés de détourner l'attention de la bête. Vous vous placerez chacun d'un côté en agitant les bras. Si jamais l'hydre vient vers vous, reculez et repoussez-la avec vos lances. Surtout, ne l'attaquez pas ! »

Le prince se tourna vers l'aède et la guerrière.

« Vous deux, vous allez former la seconde diversion. Lorsque l'hydre hésitera pour attaquer entre Dryops et Alexiarès, vous interviendrez. Rhomé montera sur les épaules de Démodocos. Elle tirera des flèches sur le monstre. S'il approche, elle pourra guider Démodocos pour qu'il la tienne à distance.

— Pourquoi dois-je monter sur ses épaules ? questionna Rhomé. Je viserais bien mieux en me tenant debout…

— L'hydre est primitive. Elle attaquera en priorité l'ennemi le plus dangereux, et donc, pour elle, le plus grand. Vous devez donner l'impression que vous êtes son assaillant principal.

— Tu as déjà tué des hydres ? » demanda Dryops.

Niréus serra les dents.

« Non, avoua-t-il du bout des lèvres, mais ce sont des recettes que l'on s'échange entre guerriers. Pendant ce temps, je grimperai sur les rochers qui dominent la source. L'hydre sera occupée avec vous, elle ne me verra pas. Je pourrai donc l'attaquer au corps à corps. Tout le monde a bien compris son rôle ? »

Une nouvelle fois, ses compagnons acquiescèrent. Ils étaient pâles, inquiets, mais déterminés. Démodocos mit un genou à terre et attendit que Rhomé prenne place sur ses épaules. La guerrière s'exécuta, et ses cuisses nues encadrèrent la barbe grise de l'aède.

« Il y a des jours où je ne regrette pas d'être aveugle », confia ce dernier.

Rhomé rosit légèrement mais ne dit rien. Ils se mirent en marche à travers les dernières ramures du bois. Après une certaine distance, Niréus coupa à travers les troncs d'arbre, laissant ses compagnons sur le chemin.

Il courut en évitant les branches. Le sol spongieux était gorgé d'une humidité malsaine. Pourtant, il sentait une ivresse le gagner. Sans doute était-ce la proximité de la mort et du sang qui l'enivrait ainsi.

Le prince contourna la source et son bassin pour aller escalader la barrière rocheuse. Le bouclier en bandoulière, l'épée passée dans le baudrier, il agrippa les prises et atteignit aisément le sommet. Il surplomba alors la source qui jaillissait des pierres.

Niréus reconnut le torrent, qui formait une petite chute d'eau en ruisselant sur les rochers moussus. Il reconnut le trou d'eau émeraude où il s'était baigné jadis. Des herbes tendres l'entouraient alors.

À présent, les herbes étaient jaunes, pourrissantes. Les eaux étaient croupies, et une hydre énorme occupait l'emplacement du torrent. C'était une sorte de serpent géant dont les anneaux se perdaient dans un immonde marécage. Le monstre exhalait des senteurs putrides qui retournèrent l'estomac de Niréus. À sa gueule, l'hydre portait deux crocs longs comme des sabres.

Le prince attendit que ses compagnons aient pris place. Ce fut bientôt chose faite : il vit Dryops et Alexiarès se déployer de chaque bord de la mare et entamer de grands moulinets [1] avec leurs lances.

L'hydre, avertie par le bruit, souleva ses paupières écailleuses. Deux iris inversés apparurent, bleus comme le lapis-lazuli [2], qui s'accordaient avec ses écailles couleur azur. Elle siffla doucement, tournant la tête d'un côté, puis de l'autre. Son cou démesuré s'étira comme si elle se préparait à charger.

Niréus progressa lentement sur les rochers couverts d'une mousse glissante et qui se défaisait à la moindre

---

1. Mouvements rapides et circulaires permettant de tenir l'ennemi à distance.

2. Pierre semi-précieuse réputée pour sa couleur intense.

pression. La bête se montrait menaçante, elle se dressait comme les serpents cracheurs, atteignant la hauteur de trois hommes.

À cet instant, Rhomé arriva, juchée sur les épaules de Démodocos. La guerrière poussa un cri martial ; elle encocha une flèche et tira. Le trait rebondit sur les écailles du monstre, qui se détourna de ses deux premières proies.

Le prince en profita pour accélérer l'allure. Il passa au-dessus de la source et se prépara à redescendre pour frapper le serpent. Contre toute attente, le monstre semblait hésiter à s'intéresser à Rhomé. Celle-ci lui tira une deuxième flèche, qui lui perça un œil. L'hydre eut un sursaut de douleur ; elle gonfla des poches sous ses crocs.

Niréus comprit qu'elle allait cracher. Il ne pouvait crier à moins de se trahir. La bête se tourna lentement vers Alexiarès. Glacé d'effroi, le prince bondit sur un rocher pour raccourcir la distance qui le séparait de l'animal. La mousse céda traîtreusement sous ses pieds ; il glissa.

Dans sa chute, il vit un jet de poison s'envoler de la gueule de l'hydre et frapper l'esclave de plein fouet, la renversant. Niréus tomba sur une pierre ronde, juste à côté du monstre. Il voulut se relever aussitôt, mais il avait le souffle coupé. Il entendait Rhomé hurler pour attirer l'attention de l'hydre et tirer flèche sur flèche.

Niréus parvint enfin à se redresser. Le guerrier pouvait presque toucher la peau écaillée de la bête ; de près, la puanteur était épouvantable. Il chercha la gorge et lança un coup d'épée de toutes ses forces. À sa grande surprise, la lame traversa le corps de l'hydre sans rencontrer de résistance, comme si le monstre était constitué d'eau. Le héros ne put arrêter son geste, et l'épée alla frapper les rochers. Dans une gerbe d'étincelles pâles, la lame se brisa en mille morceaux.

« Partez ! rugit Niréus. L'hydre est invulnérable ! Partez ! »

L'hydre avait tourné vers lui sa gueule plantée de crocs ruisselants. Niréus n'eut que le temps de se retrancher derrière son bouclier. Il se sentit happé par les mâchoires puissantes ; le bouclier crissa mais ne céda pas. Brusquement, l'hydre, d'un coup de tête, le cracha dans l'air. Le guerrier s'envola tandis que le monde tournait autour de lui. Il heurta un mur et crut que ses membres se disloquaient. L'amertume qui monta dans ses narines lui indiqua qu'il était tombé dans la mer.

Avant de refermer ses yeux brûlés par le sel, il reconnut autour de lui, nageant, les silhouettes des Ichthyocentaures.

Chant 17
Deux divines visites

Rhomé, Dryops et Alexiarès avaient vu Niréus traverser le ciel et retomber dans l'Égée. Ils avaient commencé à fuir l'hydre monstrueuse dès qu'ils avaient compris que ni l'épée ni les flèches ne pouvaient la blesser, battant en retraite vers la barrière rocheuse. Leurs mains s'étaient écorchées sur les pierres tranchantes. Enfin, ils avaient atteint le faîte de la muraille et, embrassant la mer du regard, avaient cherché des traces de Niréus. Puis Rhomé avait montré un point où frémissaient encore quelques bulles. Tout autour, les Ichthyocentaures rôdaient ; leurs reins frôlaient la surface des eaux en montrant un sinistre aileron noir. Les compagnons avaient attendu longtemps que Niréus remonte.

À présent, Dryops laissait libre cours à ses larmes. Rhomé, interdite, ne détachait pas ses yeux de la mer apaisée. Niréus ne remonterait plus. Tous avaient parcouru ces longues distances, traversé plusieurs régions, navigué d'île en île pour arriver à Symé la rocheuse, et la seule raison qui les avait poussés jusqu'ici venait de disparaître sous les flots. Ils titubaient, comme privés de tuteur, perdus dans cet îlot inconnu.

« Venez ! appela Démodocos. Alexiarès ne se sent pas bien. »

Dryops, tout à ses sanglots, n'entendit pas le cri de l'aède. Rhomé réagit et redescendit. La jeune esclave était allongée sur le dos, évanouie.

« Je ne sais pas ce qu'elle a, dit très vite Démodocos. Elle a le front brûlant, elle respire difficilement, sa nuque est baignée de sueur. Est-ce que sa peau devient bleue ? »

Rhomé observa la malade. Elle la trouva blanche à faire peur.

« Non, répondit-elle. Elle est très pâle, au contraire. »

L'aède parut rassuré.

« Je craignais qu'elle n'ait été empoisonnée. Souviens-toi, l'hydre a craché sur elle un jet de salive. Cela pouvait être du venin contenu dans ses crochets, le même qui a corrompu toute l'île.

— Ce n'était peut-être que de l'eau stagnante, le rassura Rhomé. L'hydre elle-même était composée de l'eau de la source. Mes flèches l'ont traversée sans lui causer le moindre mal. La première fois, j'ai cru l'avoir blessée, mais mon trait s'était planté dans une fissure de la roche. Nous ne pouvions pas vaincre cette monstruosité. »

Démodocos se redressa. Il essuya son front, où perlait la transpiration.

« C'était une folie ! dit-il durement. Je n'aurais jamais dû le laisser faire. Entraîner là-dedans un enfant et une esclave dont pas un ne sait se battre ! Niréus a mérité son sort !

— Comment peux-tu dire cela ? se récria Rhomé. Il est mort en tentant de tuer ce monstre et tu l'insultes ! »

D'un geste de la main, l'aède coupa court aux protestations de son interlocutrice.

« C'était un guerrier ! Il savait ce qu'il faisait ! En revanche, je ne lui pardonne pas d'avoir entraîné Dryops et Alexiarès dans ce combat ! Il n'a pensé qu'à lui ! Pas un seul instant il n'a craint pour nous. Niréus a fait preuve d'un orgueil insensé !

— C'est toi qui dis cela ? Tu lui reprochais de ne pas assez encourager ses troupes, de montrer trop de doutes ! repartit Rhomé, au comble de la colère.

— C'était très différent ! rétorqua Démodocos sur le même ton. Nous étions dans une situation désespérée. Il était de son devoir de nous donner du courage ! Aujourd'hui, il a simplement profité de l'affection que nous lui portions ! »

La conversation s'envenimait et tournait à la violente dispute quand la petite voix de Dryops leur parvint, étouffée.

« Pourquoi est-ce qu'Alexiarès est toute bleue ? »

Ils revinrent en hâte auprès de l'esclave. Démodocos prit l'enfant contre sa large poitrine.

« Elle est malade ? redemanda Dryops.

— Oui, mon enfant.

— Elle va guérir ?

— Je ne sais pas, soupira Démodocos. C'est aux dieux d'en décider maintenant... »

Rhomé s'était penchée sur Alexiarès. Ses lèvres avaient viré au bleu pâle, et elle affichait le teint de certains noyés. Impuissante, la guerrière frotta les mains de l'esclave pour lui redonner un peu de chaleur. Le poison avait commencé son œuvre de destruction.

« Elle va mourir si on ne lui donne pas un antidote !

— Le temps d'arriver à la citadelle, il sera trop tard. »

Soudain, un homme apparut auprès d'eux. Il avait l'allure et la voix de Phyliros, le marchand de rouleaux. Son visage cuivré affichait un doux sourire.

« Vous n'êtes pas encore repartis de cette île ? demanda-t-il.

— Phyliros, aide-nous ! supplia Rhomé. Il faut sauver Alexiarès !

— Alexiarès ? répéta le marchand comme s'il ne connaissait pas ce nom. Ah, oui. Que lui arrive-t-il ? »

Son intonation tranquille rendait la situation plus effrayante encore.

« Nous avons voulu passer l'épreuve ! expliqua Rhomé en phrases hachées. L'hydre l'a empoisonnée ! Elle va mourir !

— Je crois que j'ai ce qu'il faut... »

Phyliros fouilla dans la besace qu'il portait au flanc. Avec des gestes lents et précautionneux, il en tira une fiole de terre cuite. Il ôta le bouchon de liège et se pencha sur la moribonde. Il versa un épais liquide rouge vif sur les lèvres bleuies. Aussitôt, le teint d'Alexiarès retrouva une coloration rosée. Elle ouvrit les yeux.

Le marchand fit couler dans sa gorge tout le contenu de la fiole et l'esclave avala goulûment. À la dernière goutte, elle était redevenue l'Alexiarès qu'ils connaissaient avant son mal de mer.

« Je suis heureux d'avoir pu vous aider, dit Phyliros. Je m'en vais prendre congé maintenant. On m'attend au navire. »

Démodocos lui barra la route de son bâton.

« Arrête-toi, intima-t-il. Tu as la voix et les mots de Phyliros, mais tu n'es pas lui. Quand tu marches, c'est comme si j'entendais trente hommes fouler la terre. Tu n'es pas Phyliros ! »

L'homme regarda longuement l'aède.

« Tu as raison, Démodocos, dit-il finalement. Je ne suis pas Phyliros. »

Ses traits se modifièrent insensiblement. Son teint s'éclaircit, son nez se fit plus droit, plus fin, sans qu'il cessât de sourire. Il rayonnait d'une majesté presque insupportable. Effarée, Rhomé reconnut les sandales ailées du dieu.

« Hermès ! souffla-t-elle.

— J'ai emprunté l'apparence de Phyliros pour vous approcher, mortels », dit le messager des dieux.

Dans sa bouche semblaient se mêler des milliers de voix.

« J'aurais préféré que vous ne le sachiez pas, mais puisque l'aveugle m'a percé à jour, je vous dois la vérité. Cette Alexiarès que vous prenez pour une mortelle esclave est ma sœur Hébé. Comme les autres dieux, elle doit consommer régulièrement du nectar pour ne pas s'affaiblir. Elle ne mourra pas, mais elle souffrira beaucoup si elle ne peut en disposer à temps. Ma mission est de lui apporter le nectar quand cela est nécessaire. Je reviendrai bientôt. »

Il se tut un instant, comme pour leur laisser le temps d'assimiler ses paroles.

« À présent, vous savez. Ce que vous avez pris pour du mal de mer n'était que le début de sa faiblesse. Si ma sœur n'y pense pas par elle-même, c'est à vous de m'appeler, je viendrai. Jamais je ne dois la retrouver dans cet état. »

Ses yeux brillèrent d'une lueur de menace. Les ailes de ses sandales commencèrent à battre, et le dieu s'éleva dans les airs. Puis, à la vitesse d'un éclair, il partit à travers le ciel. Il disparut presque aussitôt à l'horizon.

Les regards convergèrent vers Alexiarès. Celle-ci présentait un visage à la fois fier et penaud [1]. Elle s'humecta les lèvres.

« Je crois que je vous dois des éclaircissements... »

---

1. Honteux.

*
* *

C'était fini. Niréus coulait au fond de la mer. Il avait été vaincu par l'hydre, comme un héros. Il pouvait se laisser mourir sans remords. Le guerrier n'abandonnait rien de précieux derrière lui : des parents disparus, un royaume souillé, une beauté saccagée. Il eut une courte pensée pour ses compagnons qui l'avaient suivi jusqu'au bout. Il espéra qu'ils avaient pu s'en tirer sains et saufs.

Le manque d'air lui brûla les poumons. Depuis qu'il glissait, il retenait sa respiration. Malgré son désir de mourir, Niréus ne pouvait se décider à ouvrir la bouche et à avaler l'eau salée à pleine gorge. Il attendait l'agression des Ichthyocentaures, la première morsure, mais les monstres aquatiques n'attaquaient pas. Pourtant, le prince était sans défense ; il avait lâché son tronçon d'épée et ne tenait plus que son pauvre bouclier.

Niréus s'impatienta. Il avait pensé que la mort serait plus rapide. Ouvrant les yeux, il scruta les fonds marins. Les Ichthyocentaures étaient partis. Le héros se maudit de n'avoir pas agité les membres ; ils préféraient peut-être les proies vivantes. Près de lui, le prince voyait les parties immergées de son île. Il flottait autour d'elles une eau trouble, maladive.

Sa poitrine eut un spasme involontaire, comme pour aspirer l'air absent. Au même moment, il sentit ses pieds s'enfoncer dans le fond vaseux. Son bouclier, qu'il tenait toujours au-dessus de lui, avait emporté quelques bulles d'air ; elles se pressaient les unes contre les autres comme des enfants querelleurs. Niréus n'y résista pas et, collant sa bouche sur l'intérieur du bouclier, il mordit les bulles et aspira leur contenu comme s'il se fût agi de fruits juteux.

Le prince leva les yeux vers la surface. Il pouvait la rejoindre en quelques battements de pieds. Il prit appui dans la vase qui lui engluait les chevilles. Au moment de pousser de toutes ses forces, Niréus sentit un fort courant balayer le fond des eaux. Une vague invisible l'enveloppa et l'emporta loin de Symé. Le guerrier voulut hurler, mais cela n'aboutit qu'à faire éclater des bulles d'air devant sa bouche.

L'eau entra dans sa gorge, pénétra dans ses poumons. Niréus maudit les dieux qui le condamnaient au moment où il avait décidé de survivre. Il étouffait.

Soudain, le héros put à nouveau aspirer quelques bouffées d'air. La lame de fond l'avait emporté bien loin de Symé, au point qu'il ne la voyait même plus. Le picotement du sel dans ses yeux avait lui aussi disparu. Sa vue n'était plus brouillée par l'eau.

Devant lui se dressait une véritable cité sous-marine, avec ses maisons, ses palais, ses jardins, sa place du marché. Des colonnades entouraient pareillement les édifices ; seuls les chapiteaux étaient différents car, au lieu de cornes de bélier, ils étaient décorés de coquillages enroulés. Les rues étaient pavées de corail ; les jardins arboraient des buissons d'algues multicolores qui ondulaient doucement au gré des courants.

Niréus nagea jusqu'à la place du marché. Elle était déserte, à moitié ensevelie sous le limon. Il fit halte au-dessus d'une borne de pierre qui ressemblait à un autel. Le sable remua en plusieurs endroits, et des silhouettes en émergèrent lentement. Elles ressemblaient aux créatures figurées sur le bouclier du roi de Rhodes. Elles avaient les pieds et les mains palmés, le corps couvert d'écailles vert sombre. Leurs articulations étaient bien plus épaisses que celles des hommes, et l'on en voyait partir des nerfs et des muscles qui n'avaient rien d'humain.

Les créatures nagèrent autour de Niréus. Sous leur crâne chauve, elles dardaient sur lui des yeux profonds, qui respiraient la malice et la magie.

« *Tu portes notre bouclier, mortel.* »

Niréus sentit qu'on lui parlait directement dans l'oreille. Il lui sembla que toutes les créatures s'exprimaient en même temps.

« Qui êtes-vous ? » voulut dire Niréus.

Ses mots s'embrouillèrent dès qu'il ouvrit la bouche et il ne fit que cracher des chapelets de bulles.

« *Nous sommes les Telchines…*

— *Ce n'est pas à toi de poser les questions…* »

Le prince se mordit les lèvres de ne pas avoir cru aux histoires de Démodocos. Il ne comprenait pas pourquoi les Telchines l'avaient fait venir ici. Des bruits troubles passaient dans les eaux, comme si les créatures parlementaient entre elles.

« *Nous avions fabriqué ce bouclier…* reprirent-elles.

— *… pour Tlépolème, roi de Rhodes…*

— *Comment est-il arrivé entre tes mains ?*

— Je suis Niréus, répondit le prince sur le même mode. Le roi de Rhodes est mort. Il a été tué pendant la guerre de Troie par les Amazones. J'ai gagné ce bouclier au pugilat, au cours de leurs jeux funèbres. »

Après un moment de silence, les voix revinrent de partout en même temps.

« *Nous savons qui tu es, prince de Symé…*

— *Il dit vrai…*

— *Tu peux garder le bouclier. Il te revient…*

— *… à une condition.*

— Laquelle ? » demanda Niréus.

Les créatures cessèrent soudain de nager en rond. Elles s'arrêtèrent, droites.

« *Tu dois tuer l'hydre…*

— *Sa présence nous déplaît…*

— *Notre île en est polluée…*

— Mais elle est invulnérable ! protesta Niréus. Elle est faite d'eau !

— *… et nous rapporter ses deux crochets…*

— *Nous t'aiderons à la vaincre…*

— *Acceptes-tu ?* »

Niréus ne voyait pas le moyen de refuser. C'était pour lui l'occasion de tuer le monstre, de retrouver son trône, de revoir ses compagnons.

« J'accepte, dit-il solennellement. Mais comment vous rapporter les crochets de l'hydre si elle est faite d'eau ?

— *Cela est notre affaire…* répondirent les créatures.

— *Nous te trouverons lorsque tu auras fini le travail…*

— *Prends cette étoile de mer et…*

— *… maintenant retourne à la surface, mortel !* »

Niréus eut à peine le temps d'apercevoir ladite étoile de mer qui avait été déposée à son insu sur l'autel en dessous de lui. Il la prit en main et sentit un froid soudain engourdir ses doigts.

Puis le courant reflua, il fut tiré en arrière. Les Telchines ne bronchèrent pas ; ils regardèrent Niréus se retirer comme le reflux de la mer. Il sentit qu'il se rapprochait de Symé, qu'il remontait vers la surface.

Déjà, les Ichthyocentaures se pressaient derrière lui. Il battit des pieds pour accélérer son allure. Les monstres à queue de poisson ne pouvaient rivaliser avec la magie des Telchines ; ils abandonnèrent rapidement la poursuite.

Niréus creva alors la surface et bondit dans les airs.

Chant 18
Le don des Telchines

Encombré par son bouclier, Niréus nagea jusqu'aux rivages de Symé la rocheuse. Il restait encore étourdi par sa rencontre avec les Telchines. De sa main libre, il se cramponna aux pierres et grimpa sur la barrière naturelle.

Le prince se sentait un peu stupide d'aller retrouver ses compagnons après être passé pour mort. Il ne savait pas non plus dans quel état il allait les revoir. Après sa chute dans la mer, l'hydre avait aussi bien pu les dévorer tous, les mordre, les estropier [1].

Niréus chassa vite ces pensées angoissantes en reposant le pied sur la terre ferme. Il aurait voulu se baigner dans la petite rivière qui coulait à côté de lui pour se débarrasser de la morsure du sel, mais il redoutait le venin de l'hydre.

En un regard, le héros se repéra. Il était revenu non loin de la source souillée. S'arrêtant un instant, il réfléchit à ce qu'avaient pu décider ses compagnons. Assurément, ils avaient abandonné l'idée de tuer l'hydre

1. Les priver d'un de leurs membres.

tout seuls. Il les rencontrerait donc sur le chemin de la citadelle.

Niréus se mit en route d'un pas rapide. L'étoile de mer qu'il tenait dans sa main ne cessait de rendre de l'eau, et il n'était pas certain qu'elle conserve longtemps son pouvoir hors de la mer. Comme il allait trop lentement à son goût, il courut au rythme d'une charge de guerriers.

Il rejoignit un petit sentier, qui serpentait entre des bosquets d'arbres. Comme la nature semblait idyllique ! En cet endroit, on ne pouvait soupçonner l'influence néfaste de l'hydre. Pourtant, chaque plante, chaque animal, chaque être humain était pollué, contaminé par le venin du monstre.

Niréus imaginait les réactions de surprise et de joie de ses compagnons en le voyant surgir brusquement d'entre les arbres. Il se représentait en particulier les sanglots d'Alexiarès, écrasée contre sa poitrine, versant de douces larmes. Rhomé, dans sa réserve, ne disait rien, mais son regard lui promettait des réjouissances futures.

Un événement inattendu le tira de ces agréables pensées. La pointe d'une flèche lui frôla la joue et se planta dans un tronc en vibrant. S'il n'avait pas eu le réflexe du combattant de se décaler sur le côté, il aurait été gravement blessé.

L'authentique Rhomé lui faisait face. Elle avait déjà engagé une seconde flèche et le visait, la corde tendue à se rompre. Il y eut un moment, qui dura à peine mais que Niréus trouva trop long, où son visage conserva son expression guerrière. Il crut qu'elle allait lui décocher cet autre trait à bout portant.

Puis la guerrière baissa son arme, comme si elle reconnaissait soudain le prince de retour. Un sourire illumina son visage. Niréus la voyait sourire pour la première fois, et il fut bouleversé par sa beauté.

« Niréus ! s'écria-t-elle. Nous te croyions mort ! »

Elle ne se jeta pas dans ses bras comme Niréus l'espérait.

« Les Ichthyocentaures n'ont pas voulu de moi, dit-il pour masquer sa gêne.

— Pardonne-moi pour la flèche, mais j'avais entendu qu'on nous suivait et je ne voulais prendre aucun risque.

— Tu as eu raison, éluda Niréus. Où sont les autres ?

— Ils sont devant. Viens. »

Ils marchèrent d'un même pas sur une trentaine de pas et, au détour du sentier, il les vit. Ses compagnons, visiblement épuisés, s'étaient assis ou appuyés sur des pierres. Dryops fut le premier à remarquer le retour du guerrier.

« Niréus ! » cria-t-il.

Et tous les autres se tournèrent vers lui. Le petit garçon courut vers le prince et se serra contre sa jambe comme un chien affectueux. Niréus le souleva et l'assit sur son bras.

Démodocos et Alexiarès demeuraient sans réaction. L'aède paraissait sur ses gardes, tandis que l'esclave affectait un air embarrassé.

« C'est bien toi, n'est-ce pas ? lui demanda Dryops. Tu n'es pas un dieu déguisé en Niréus ?

— Bien sûr que non, fit Niréus. D'où sors-tu cette idée ? »

Le garçonnet ouvrit la bouche pour répondre, mais Démodocos le devança :

« Nous avions cru te perdre…

— Me voici. J'ai beaucoup de choses à vous raconter.

— Nous aussi, l'interrompit l'aède. Assieds-toi, nous avons à parler. »

Refroidi par cet accueil, Niréus déposa doucement Dryops à terre et s'adossa à un large rocher. De sa voix de conteur, Démodocos lui relata tout. Il lui dit le malaise d'Alexiarès, la visite d'Hermès, ses explications et ses menaces, puis il lui raconta comment une déesse était devenue Alexiarès, esclave au service des mortels.

Niréus écouta ce récit, de plus en plus stupéfait. Il ne lança pas un coup d'œil à Alexiarès, même s'il sentait qu'elle cherchait son regard, qu'elle l'espérait. À la fin, il inspira longuement.

« Tu as bien joué les servantes sottes et capricieuses, en tout cas.

— Je n'ai pas joué, je suis ainsi ! » protesta Alexiarès.

Elle se tourna vers l'aède :

« Oh, Démodocos, gémit-elle. Je t'avais dit qu'il ne comprendrait pas. Il ne fallait pas lui dire !

— Oui, renchérit Niréus, vous auriez mieux fait de continuer à me mentir puisque je ne suis pas capable de voir la vérité.

— Ce n'est pas ce que j'ai dit !

— Alors, ta fatigue, tes affaires, tout cela n'était que comédie, déesse ! Quelle déesse es-tu d'ailleurs ? »

L'esclave s'assombrit :

« Pour vous, je suis Alexiarès. Je suis toujours une déesse, mais mes pouvoirs sont diminués. Je m'épuise d'autant plus vite que je ne consomme pas régulièrement la boisson des dieux, le doux nectar. Je ne suis pas très différente de vous…

— Cela reste à voir, ricana Niréus, amer. J'espère qu'il n'y a pas d'autre surprise, que je ne vais pas apprendre que Dryops est fils de…

— Par tous les dieux, tais-toi ! » chuchota l'aède, rouge de colère.

Mais l'enfant semblait ne pas avoir entendu la remarque de Niréus. Il était absorbé par la contemplation de l'étoile de mer. Du doigt, il recueillait les gouttes salées qui ne cessaient de sourdre de l'animal.

« Qu'est-ce que c'est ? » demanda Dryops.

Le prince leva la main et présenta l'étoile bleuâtre à ses compagnons réunis.

« Voici venu mon tour de vous raconter mes aventures », dit-il.

*
* *

« C'est de la folie », répétait Démodocos en suivant Rhomé, qui le conduisait.

La rencontre des Telchines avait passionné les auditeurs de Niréus. Il leur avait décrit le contrat passé avec ces créatures. L'aède avait posé de nombreuses questions sur la nature de l'étoile de mer, questions auxquelles Niréus avait été bien incapable de répondre. Étonnamment, Démodocos avait fini par se laisser convaincre de lutter une seconde fois contre l'hydre.

Ils avaient laissé en sûreté Alexiarès et Dryops. L'aveugle avait bien insisté sur ce point : il était hors de question de les exposer une nouvelle fois au danger. En revanche, il avait exigé d'accompagner Niréus et Rhomé.

À mesure qu'ils progressaient vers le monstre, l'atmosphère putride les enveloppait de nouveau. La terre boueuse collait à leurs pieds. Ils étaient saisis d'une terreur croissante à l'idée de faire face une nouvelle fois à l'hydre gigantesque.

« J'espère que les Telchines ne t'ont pas menti, dit Rhomé.

— Moi aussi, soupira Niréus. Moi aussi... »

Ils arrivèrent en vue de la source. Niréus donna ses derniers ordres :

« Je vais y aller sans vous et l'attaquer de front. Je suis le seul à bénéficier de la protection d'un bouclier. Si elle me crache du venin, je pourrai parer. Je vais la pousser à s'en prendre à moi. Dès qu'elle sera à bonne distance, je lui lancerai l'étoile de mer.

— Tu es certain qu'elle agit ainsi ? s'inquiéta Rhomé. Il faut peut-être la lui faire avaler.

— Je ne pense pas, intervint Démodocos. Comme l'hydre est faite d'eau, l'étoile pénétrera de toute façon dans son corps.

— Le bouclier me protégera bien, assura Niréus. Si l'hydre m'a recraché tout à l'heure, à mon avis, c'est parce qu'elle a senti la magie des Telchines. Et elle ne doit pas aimer cela. Lorsque l'étoile aura fait son effet, il faudra cribler le monstre de flèches. Quant à Démodocos, il lui enverra des pierres. Nous allons en faire provision dès maintenant. »

De nombreux cailloux de toutes tailles affleuraient partout l'humus. Ils ne furent pas longs à rassembler une bonne quantité de munitions pour l'aède.

« Essaye de ne pas me lapider par erreur, conseilla Niréus.

— Je suis content que tu sois revenu, répliqua Démodocos », mi-figue, mi-raisin [1].

---

1. À la fois sérieux et moqueur.

Après un dernier regard à ses compagnons, Niréus s'avança à la rencontre de l'hydre. Le monstre n'avait pas bougé, mais il lui paraissait plus grand que la première fois.

Niréus tenait son bouclier de la main gauche, les doigts serrés sur l'étoile de mer dont le contact le faisait frissonner. De l'autre main, il avait empoigné les deux lances de frêne prises au malheureux Abante.

Une fois au bord du bassin, devenu un ignoble marécage, il planta les deux javelots dans la terre et hurla des malédictions à l'hydre. Le serpent géant ne bougea pas, mais il avait repéré son ancienne proie qui revenait se jeter dans sa gueule. Quelques gouttes d'un liquide douteux coulèrent de ses crochets.

Lentement, le monstre déroula ses anneaux et se dressa de toute sa hauteur. On le sentait prêt à fondre sur le guerrier. Les poches de poison se gonflaient sous la peau écailleuse. Niréus assura ses appuis sur le sol.

Un premier jet éclaboussa les ajoncs devant lui. L'hydre ne daignait même pas attaquer l'intrus de ses crocs. Elle pensait s'en débarrasser à distance, comme elle avait dû le faire pour la plupart des prétendants. Elle cracha une deuxième gerbe que Niréus dut parer derrière son bouclier. Le guerrier sentit la pression du liquide appuyer contre l'écu, et ses pieds glissèrent sur le sol spongieux. Il ne tomba pas, mais recula, imprimant de longues traînées dans la boue.

Niréus se rendit compte que la plaque d'or qui recouvrait le bouclier dégageait une fumée noirâtre. Au bout du compte, le venin viendrait à bout des cinq revêtements de métal. Il essayait d'imaginer ce qu'Alexiarès avait dû subir, et il se félicita du fait que c'était la déesse qui avait été touchée, et non Dryops ou Démodocos. Il lui fallait éviter la salive corrosive de l'hydre.

« Approche, monstre ! la provoqua-t-il. Viens te mesurer à Niréus ! »

En même temps, le héros lui jeta la javeline de frêne. Comme il s'y attendait, la lance traversa le corps liquide sans occasionner de dégâts. L'hydre eut néanmoins un sursaut de douleur et ses crocs devinrent plus saillants. Elle déroula une langue fendue et siffla ; le bruit était assourdissant.

La bête attaqua juste après son sifflement. Ses anneaux se détendirent brusquement et ses crocs fendirent l'air. Niréus roula sur le côté pour les éviter ; il sentit la terre trembler quand les dents de l'hydre mordirent la tourbe.

Il ne put lancer l'étoile car le monstre enchaîna avec une deuxième attaque. Le coup passa encore plus près. Malgré sa taille et sa masse, le serpent se déplaçait avec une vivacité étonnante. Durant un instant, Niréus dut consacrer toute son énergie et son attention à éviter les mâchoires qui cherchaient à le happer.

Plusieurs fois, les dents aiguës crissèrent sur l'or sans l'entamer. Plusieurs fois, Niréus sentit le glissement immonde des crochets sur sa peau. Le prince commençait à s'essouffler. Il bondissait, roulait, se réceptionnait, guettant l'attaque suivante. Il attendait le moment où ses jambes le trahiraient et où il s'effondrerait dans la boue. L'hydre ne montrait aucun signe de fatigue.

Finalement, Niréus fit un faux mouvement et ses pieds se prirent dans les ajoncs couchés par ses piétinements. Il tomba lourdement sur son bouclier, qui glissa avec lui sur le sol. Il était complètement à découvert. Du coin de l'œil, il vit Rhomé tendre la corde de son arc et tirer une flèche. Le trait traversa une nouvelle fois la pupille reptilienne de l'hydre, qui se préparait à achever son adversaire à terre.

Sa langue siffla affreusement et elle tourna sa gueule menaçante vers l'archère. Niréus sut qu'il tenait là l'unique occasion d'agir. Profitant de la diversion, il passa dans sa main droite l'étoile, qu'il n'avait pas lâchée, et la lança sur l'encolure du monstre.

L'étoile traversa les écailles d'eau et pénétra dans le corps liquide en traçant des sillons blanchâtres. Le monstre hurla de douleur ; sa queue se déploya, fouettant la surface du marécage. Rhomé décocha trois flèches en même temps ; les trois traits se fichèrent dans la peau translucide.

« C'est bon ! cria-t-elle à Niréus. L'hydre durcit ! »

Ivre de souffrance, le monstre ne prêtait plus aucune attention à Niréus. Il agitait spasmodiquement sa langue fendue en deux et sifflait en tortillant ses anneaux. Des gouttes de sang bleuâtre jaillissaient de ses blessures pour durcir aussitôt. Le héros empoigna le manche de sa dernière lance. Il ajusta son tir et lança le javelot, qui transperça la gorge de la bête.

Ce fut le coup de grâce. Dans un ultime sursaut, le serpent géant se cabra, puis s'effondra de tout son long dans la boue.

Niréus respira. Il s'approcha du corps, encore frémissant des derniers sursauts de vie. Il brandit son bouclier et l'abattit sur le premier crochet. Celui-ci se fêla mais résista. Il frappa une seconde fois pour le rompre. Le deuxième crochet céda tout de suite sous l'assaut du bouclier.

« Niréus, regarde ! »

Il se retourna. Trois Telchines venaient d'émerger de l'eau croupie. Ils le fixaient de leur regard aigu.

« *Donne-nous vite les crochets de l'hydre…*

— *Tu as purifié la source…*

— *… sois-en remercié.* »

Niréus s'exécuta. Il porta les crochets dans ses bras ; ils étaient plus grands que la corne d'un espadon. Il les lança aux Telchines, qui s'enfoncèrent dans l'eau sans dire un mot.

Niréus se tourna vers ses deux compagnons. Ils échangèrent un regard complice.

« Je vais chercher Dryops et Alexiarès, dit Rhomé en tournant les talons. Il n'y a plus de danger maintenant. »

Le prince resta seul face à Démodocos.

« Tu as de la chance, guerrier, grogna l'aède. Beaucoup de chance. C'est à croire que les dieux accompagnent tes pas. »

Niréus embrassa du regard la source de son enfance. Il se demanda en quoi il pouvait être chanceux. Il remarqua soudain que les eaux, libérées de l'influence néfaste de l'hydre, retrouvaient leur transparence cristalline. Le torrent jaillit de nouveau des pierres, arrachant la mousse maladive qui y avait prospéré.

En quelques instants, les marécages furent balayés, enfouis sous des quantités d'eau claire. Les plantes se redressèrent, comme lavées du poison qui les engorgeait. Lorsque Rhomé revint avec le garçon et l'esclave, le paysage était transformé. Quant au cadavre de l'hydre, il fondait comme la graisse sur le feu. Il s'écoulait et disparaissait dans le sol. Lorsque Dryops alla s'assurer que la bête était morte, son pied s'enfonça comme dans du beurre ramolli.

« Comment te sens-tu, prince ? lui demanda Démodocos.

— Je suis heureux d'avoir vaincu l'hydre mais, vois-tu, je ne pourrai pas prouver que je l'ai tuée. Si je la décapite, sa tête aura disparu avant que nous soyons arrivés au palais. Encore une fois, je n'ai rien gagné. »

L'aède allait protester quand un bouillonnement dans l'eau du bassin se fit entendre. Trois nouvelles silhouettes amphibies apparurent. Dryops, pris de frayeur à la vue de leurs écailles vert sombre, se colla contre Alexiarès.

« Qu'est-ce que c'est ?

— N'ayez pas peur, les rassura Niréus. Ce sont les Telchines. Ils sont nos alliés. »

Les Telchines, le tronc émergé, demeurèrent au milieu du bassin.

« *L'un des crochets était fêlé…*

— *… il ne nous intéresse pas…*

— *… nous te le rendons.* »

Niréus frémit. Ce crochet abîmé rendait-il leur accord caduc ? Les Telchines allaient-ils lui réclamer autre chose ? Sa main se crispa sur la poignée de son bouclier. L'une des créatures chauves brandit une épée aussi transparente que le diamant. Elle présentait des reflets bleutés.

« *Nous avons sculpté le crochet…*

— *… le venin de l'hydre est toujours sur le tranchant…*

— *C'est notre don en récompense de ton exploit…*

— *Porte fièrement notre épée et notre bouclier ensemble, mortel.* »

L'épée s'envola jusqu'à la main de Niréus. Il admira sa garde parfaite, le fil aigu de sa lame. Il la soupesa ; elle était magnifiquement équilibrée. Lorsqu'il releva la tête pour les remercier, les Telchines avaient déjà disparu. Le prince de Symé leva son épée vers le ciel pour la faire briller des mille feux du char du soleil descendant.

« Compagnons, retournons à la citadelle ! s'exclama-t-il. Mon trône m'attend ! »

Chant 19

Le sceptre de Symé

Le chemin les obligeait à traverser l'île de part en part. Partout, ils purent constater la renaissance de la nature. Les herbes prenaient un nouvel éclat, les vignes redressaient leurs ceps courbés, les arbres fruitiers se gonflaient d'une sève neuve. Les habitants eux-mêmes avaient perdu leur morne abattement ; ils regardaient leur île revivre et ils rendaient grâce aux dieux.

À chaque village qu'il traversait, Niréus montrait sans un mot l'épée née de l'hydre et des Telchines. Les Syméens reculaient avant de reconnaître sa couleur bleutée, celle qu'ils retrouvaient dans leurs fruits avariés et dans le lait tourné des chèvres. Alors ils comprenaient que le prince venait d'abattre la bête qui terrorisait leur île. Silencieux, ils lui emboîtaient le pas.

C'est ainsi que, progressivement, Niréus et ses compagnons furent suivis par un impressionnant cortège d'enfants, de vieillards, d'hommes et de femmes dans la force de l'âge. Tous avaient le visage brûlé par les rayons du soleil et les travaux des champs. C'étaient des visages durs, secs, façonnés par une vie de labeur.

Malgré sa tunique sale et déchirée, Niréus avait fière allure à la tête de cette procession. Son épée et son bouclier lui conféraient l'aura d'un héros. Partout où il passait, les maisons, les étables et les champs se vidaient pour venir grossir la foule des Syméens, comme le fleuve grandit des rivières qui se jettent dans son cours.

Lorsqu'ils arrivèrent, au terme d'une longue marche, devant la citadelle, Niréus conduisait une véritable marée humaine, réunion de tous les visages de Symé, de toutes ses facettes. Certains étaient venus avec leurs outils, leurs chiens, leurs jouets, poupées de tissu ou chevaux de bois. Tous attendaient la reconnaissance d'un prince.

Les portes de l'enceinte étaient ouvertes. La foule s'y engouffra dans un grand tumulte ; elle répandit sur la place du marché désertée son flot compact et bariolé. Niréus se posta au centre de la place, l'épée levée.

« Le régent ! Faites venir le régent ! » réclamèrent des voix.

La garde de la citadelle était déjà postée le long des murailles intérieures. Les soldats voyaient avec inquiétude le guerrier revenir, armé cette fois d'une épée étincelante. Ils se tassaient derrière leurs armures de bronze et leurs lances de fer.

« Le régent !

— Nous voulons voir le régent ! »

Les voix se faisaient grondantes. Finalement, l'homme à la barbe et aux cheveux blancs apparut sur la terrasse du palais qui dominait la place. Il paraissait à peine troublé par cette manifestation populaire ; simplement, il tenait en main le sceptre de Symé afin de bien affirmer son autorité sur le prétendant.

« Que veux-tu, peuple de Symé ? » demanda-t-il d'une voix forte.

La foule demeura muette, tournant son œil immense vers Niréus. Le prince brandit l'épée et parla en ces termes :

« Noble régent, je suis Niréus, fils des souverains de Symé. Malgré ma haute naissance, j'ai dû prouver ma valeur et mon droit de régner sur le trône de Symé comme souverain légitime.

— Un instant, Niréus, l'interrompit le régent, si du moins tel est ton nom. Le prince de Symé est parti depuis plus de dix années. Il n'était qu'un enfant ; il doit être un homme à présent. Ton âge correspond, mais cela ne suffit pas à prouver que tu es bien Niréus. On dit que Niréus était beau, or je vois ton visage barré d'une vilaine cicatrice : les princes et les héros n'en portent pas de pareilles... »

Niréus ravala les insultes qui lui montaient aux lèvres. La partie semblait plus difficile qu'il ne l'avait prévu. Il aurait voulu décimer la garde et décapiter cet infâme régent. Démodocos l'avait averti : en aucun cas il ne devait reconquérir le pouvoir par la violence. Le peuple lui-même devait détrôner celui qu'il avait nommé régent, sinon Niréus ne serait pas un roi mais un tyran.

« J'ai reçu cette cicatrice devant Troie, reprit Niréus, lorsque je combattais aux côtés des Achéens, Achille au pied léger, Palamède fils de Nauplios, Ulysse aux mille tours, et je commandais alors les guerriers de Symé, pendant que tu attendais dans la fraîcheur du palais de mon père. »

Le coup sembla porter. Le régent, impassible, s'accouda sur le parapet de la terrasse comme s'il désirait confier un secret à son contradicteur.

« Parfait ! feignit-il de se réjouir. Que s'avancent les hommes qui ont suivi le prince sous les murs de Troie, qu'ils témoignent de ton identité ! »

Il n'y eut pas un mouvement dans la foule.

« Ces hommes sont morts, régent, grinça Niréus. Mon navire a été victime d'une tempête…

— C'est fâcheux. Mais les héros de Troie que tu as cités peuvent venir comparaître. J'appelle Achille ! J'appelle Ulysse ! J'appelle Palamède ! »

Une fois encore, la foule demeura immobile.

« Tu sais bien qu'Achille et Palamède sont morts, dit Niréus, et qu'Ulysse est reparti vers son île d'Ithaque.

— Il n'y a donc personne pour témoigner de ton identité ? interrogea le régent avec une fausse naïveté. Comment te croire, alors ? »

Le prince ne supportait pas l'arrogance, l'insolence avec lesquelles le régent l'écrasait. Sa position surélevée lui donnait un avantage certain ; il apparaissait à tous dans son bon droit quand Niréus n'était qu'un mendiant. Il levait les yeux vers le soleil aveuglant. Se demandant s'il pourrait suivre encore longtemps les conseils de Démodocos, Niréus commença à observer les gardes.

Soudain, un vieillard tremblant, appuyé sur une canne d'olivier noueux, se fraya un chemin à travers la foule désorientée. Il était chargé d'ans, et son dos courbé se ressentait de ce poids.

« Je suis berger sur cette île depuis ma plus tendre enfance, dit-il d'une voix chevrotante. J'ai connu le roi quand il était nourrisson, puis adolescent, puis adulte. J'ai assisté à la naissance de son fils Niréus. Nourrisson, il ressemblait à son père ; au moment de son départ, il était tout le portrait du roi. Aujourd'hui, si je regarde cet homme (il désigna Niréus) sur le profil que le fer a épargné, je reconnais notre roi. Je me crois revenu des années en arrière, quand notre roi était vivant et jeune. »

Le vieillard recula et reprit sa place dans la foule. S'il fut contrarié par cette intervention, le régent n'en montra rien. Il hocha la tête à la fin du discours.

« J'accepte le témoignage de ce vieux berger, dit-il d'un ton neutre. Y a-t-il quelqu'un d'autre qui veuille prendre la parole ? »

Niréus sentit que Démodocos s'approchait pour lui chuchoter un mot à l'oreille :

« Il ne prend pas de risque. Beaucoup d'anciens sont morts ou affaiblis depuis l'apparition de l'hydre. Tu n'auras sans doute pas d'autre témoignage de ce genre. Fais revenir la conversation sur l'hydre. »

Le prince acquiesça, mais ses pensées étaient déjà tournées ailleurs. De nouveau, il éprouvait cette étrange familiarité devant l'allure du régent, sa manière de parler. Quand il ouvrit la bouche, Niréus écouta à peine ses paroles.

« J'ai moi aussi un témoin, déclara le régent en se redressant de toute sa hauteur. Il n'est pas berger, comme celui de votre prétendant, il n'a pas la mémoire effacée par l'âge. C'est un guerrier dans la force de l'âge qui a suivi le prince Niréus à Troie. »

Sa déclaration fut accueillie par un murmure de stupéfaction.

« Ce témoin, vous le connaissez tous, reprit le régent. Avant son départ, il était chef de la garde du palais. Il était l'ami le plus proche du roi. Je vous ai caché son retour, ajouta t il plus doucement, au cas où un usurpateur se présenterait. Il me semble que le moment est venu. »

Il se retourna vers le palais et s'adressa à une personne invisible depuis le marché en contrebas.

« Approche ! » invita-t-il.

Un homme se profila sur la terrasse. Des doigts se tendirent, des cris fusèrent :

« Il est revenu ! »

Avec stupeur, Niréus reconnut la barbe noire et les yeux bleus de son second. Ainsi, il avait survécu au naufrage. Il paraissait en bonne santé, quoique fébrile, au moment de s'avancer pour parler au peuple. Ses premiers mots percèrent le cœur du prince.

« Cet homme n'est pas Niréus, déclara-t-il sans le regarder, les yeux dans le vague. J'étais avec le fils du roi à Troie. Il s'est battu vaillamment, accomplissant de nombreux exploits, mais il a fini par succomber sous les coups des guerriers troyens. J'ai assisté à sa mort glorieuse. Il avait égorgé plusieurs adversaires lorsqu'un champion l'a défié et défait. J'ai vu son bûcher se consumer. Cet homme n'est pas Niréus. Le prince de Symé n'a jamais eu de cicatrice sur le visage ; il avait conservé toute sa beauté ! »

L'homme avait parlé très vite, sans reprendre sa respiration, comme s'il se défaisait d'une besogne désagréable. Niréus songea qu'on faisait de lui le portrait du héros qu'on aurait aimé qu'il fût, l'inverse de ce qu'il était. Il sentit peser sur lui les hésitations de la foule.

« Compagnon ! l'interpella-t-il. Tu étais avec moi à Troie tout ce temps. Tu m'as sauvé de nombreuses fois. Tu as veillé sur moi comme mon père te l'avait recommandé. Pourtant tu n'avais aucune affection pour moi. Tu pensais que je ne valais pas mon père, que je n'avais pas l'étoffe d'un meneur d'hommes. Tu as essayé de m'instruire de tout ce qui fait un roi. Je crois que tu as échoué puisque aujourd'hui, alors que je réclame mon trône, tu me désavoues [1]. »

Le second s'était troublé ; bredouillant quelques mots, il recula malgré les exhortations du régent, qui le poussait à revenir.

L'homme du palais, hargneux, se tourna vers le prince :

« Tu ne peux prouver que tu es Niréus ! Je ne puis te laisser le sceptre que m'a confié le roi. Ce serait trahir sa confiance que de t'accorder la mienne. Le peuple de Symé comprendra…

— Tu oublies que j'ai tué l'hydre ! tonna Niréus. Voici l'épée sculptée dans l'un de ses crochets. Selon tes propres paroles, le trône de Symé doit me revenir. »

Le régent eut une moue chargée de mépris.

« L'hydre est peut-être morte, concéda-t-il. Encore une fois, rien n'indique que tu es son vainqueur. Cette épée peut venir de n'importe où. Il ne nous reste plus qu'à nous en remettre aux dieux. Ce sont eux qui diront si tu es bien celui que tu dis être ! »

Il se tut et se tourna vers les cieux, dans l'attente d'un prodige. Le peuple, emporté par son éloquence, suivit son regard. Le régent avait lancé son dernier argument dans la joute verbale qui l'opposait à Niréus. Sans un signe des dieux, Niréus serait repoussé par son propre peuple.

---

1. Tu refuses de reconnaître que je dis vrai.

Le bleu du ciel s'assombrit soudain, comme si un nuage passait devant le char du soleil. Tous levèrent les yeux et aperçurent ce qui ressemblait à une nuée de flèches. Certains prirent peur car les traits se dirigeaient vers eux. Comme la nuée s'approchait en grossissant, on reconnut un vol d'oiseaux, mais pas un Syméen ne connaissait des oiseaux de ce type, petits, le plumage scintillant. Ils continuèrent à filer sur la citadelle en piqué avant de s'abattre enfin sur le sol du marché. C'étaient des poissons volants qui paraissaient affublés d'ailes de libellule. Ils venaient de sauter de la mer pour s'échouer ici.

Devant ce signe des dieux, les gardes laissèrent tomber leurs armes et la foule hurla sa joie :

« Vive Niréus !

— Vive notre prince revenu !

— Le vainqueur de l'hydre ! »

Niréus leva une nouvelle fois son épée et goûta les acclamations de son peuple. Il se tourna vers eux, majestueux, sur le marché semé de poissons frétillants qui paraissaient battre des ailes en son honneur. Enfin son voyage s'achevait ; la Sibylle avait dit vrai. Il s'enivrait de sa puissance retrouvée.

« Niréus, attention ! » cria Rhomé.

Le prince se retourna pour voir l'archère encocher une flèche et tirer vers la terrasse. Le trait s'enfonça dans la poitrine du chef de la garde, et ce dernier lâcha son propre arc et la flèche qu'il destinait à Niréus. Le régent grimaça de dépit et recula vers le palais.

Un escalier monumental flanquait la terrasse à main droite. Sans attendre, Niréus gravit les marches, se faufilant entre les hoplites. Protégé par son bouclier, il bondit sur la terrasse abandonnée. Le corps du second gisait là. Le prince s'approcha de lui ; il respirait à peine.

« Compagnon, tu voulais me tuer... »

C'était une simple constatation, sans une once de reproche. Le chef de la garde ouvrit les yeux, blême, agonisant.

« Pardonne-moi... Je l'ai écouté... Il m'a forcé à te trahir... Mon prince...

— Qui t'a forcé à me trahir ? demanda doucement Niréus. Le régent ?

— Oui... Nauplios... »

Le prince comprit enfin où il avait vu le régent auparavant : sous les traits de son fils Palamède, le guerrier piégé par Ulysse et lapidé par les Achéens. Le chef de la garde agrippa convulsivement la tunique de Niréus.

« Mon prince, répéta-t-il. Mon roi... »

Ses yeux se révulsèrent, sa tête se renversa, sa main se détendit et retomba. Le vieux guerrier n'était plus.

« Il faut trouver le régent », l'exhorta Rhomé qui venait de le rejoindre.

Niréus hocha la tête. Ils s'enfoncèrent dans le palais, armes au poing. Les esclaves, effrayés, se plaquaient contre les murs de marbre, tendant des mains tremblantes pour indiquer le passage du régent.

Ils traversèrent plusieurs pièces et un jardin intérieur. Rapidement, Niréus ne douta plus de la destination du fuyard : la salle du trône. Deux battants de bronze sculpté se dressèrent devant eux. Ils durent joindre leurs forces pour ouvrir la porte, encombrée de meubles et de vases.

« Arrête-toi, Nauplios ! » hurla Niréus en pénétrant dans la salle du trône.

Le régent démasqué suspendit son geste au moment où il allait briser le sceptre sur le trône. La menace de l'arc de Rhomé le fit reculer. On ne pouvait plus douter qu'il était le père de Palamède ; Niréus reconnaissait l'air vif et les gestes alertes du guerrier.

« Enfin tu me reconnais, Achéen ! gronda Nauplios. Tu reconnais le père de celui que tu as tué avec tous tes complices, les compères d'Ulysse aux mille tours.

— Je n'étais pas parmi ceux qui ont condamné et lapidé Palamède, protesta Niréus. J'étais son ami. »

Nauplios secoua sa tête blanche.

« Tous les Achéens sont coupables de la mort de mon fils ! Il avait fait tant de choses pour eux. Il a aidé à recruter des guerriers quand personne ne voulait venir à Troie, il a découvert la ruse d'Ulysse qui se faisait passer pour fou. C'est pour cela qu'on voulait sa perte ! Et pourtant, il avait su se faire aimer de l'armée achéenne. Il inventait toutes sortes de jeux pour les détourner des malheurs de la guerre. C'est lui qui, le premier, a eu l'idée de tailler des os en forme de cube pour en faire des dés. S'il avait vécu, il aurait conçu l'idée du cheval de bois ! »

Nauplios, père blessé, ne pouvait plus arrêter le flot de ses paroles. Tant de rancœur et de chagrin accumulés débordaient devant Niréus et Rhomé. Silencieusement, Démodocos, Alexiarès et Dryops entrèrent à leur tour dans la vaste pièce aux grandes baies ouvertes sur la mer.

« Lorsqu'on l'a assassiné, poursuivait Nauplios, il était en train de créer un nouvel alphabet pour ne plus avoir à utiliser les caractères phéniciens. C'était un rêveur, pas un courtisan… Je n'ai pas su lui apprendre la ruse, la dissimulation. Après tous les services rendus à l'armée achéenne, il a été massacré comme un chien ! »

Les traits de Nauplios se durcirent. Il redevint implacable.

« Je connaissais bien la mer Égée. Je la sillonnais en tous sens pour le compte des souverains achéens. Le message qui m'a rapporté la mort de mon fils m'est parvenu sur mon navire. J'ai fait serment de le venger. Je suis allé trouver toutes les épouses délaissées des guerriers achéens et je leur ai dit que leurs maris reviendraient avec de belles captives troyennes, des concubines plus jeunes qu'elles, qui les remplaceraient. Je leur ai suggéré de prendre des amants et de mettre à mort leurs maris au retour. J'ai obtenu gain de cause avec les épouses de nombreux Achéens, et même celle de leur chef. J'étais avec la femme d'Ulysse à Ithaque lorsque j'ai appris que la flotte achéenne revenait vers nos côtes. Je n'ai pas eu le temps d'obtenir gain de cause avec la reine d'Ithaque, mais je suis allé à la rencontre des Achéens. C'est moi qui ai allumé des flammes au sommet du cap Capharée. J'ai vu les navires détourner leur route vers moi, croyant à un port. Je les ai entendus se fracasser sur les récifs. »

À ce souvenir, ses yeux s'illuminèrent d'une joie sauvage. Niréus profita de ce court répit pour glisser une question :

« Est-ce toi qui as tué mes parents ?

— Non, non, fit distraitement Nauplios, le regard vague. J'étais allé les voir à tout hasard, mais tu étais trop jeune pour avoir une épouse, eux étaient trop âgés pour avoir d'autres enfants. Nous nous sommes bien entendus et, lorsqu'ils sont morts de vieillesse ou de chagrin, ils ont laissé pour mot d'ordre de me nommer régent en attendant le retour de leur fils. Je pensais me retirer sur cette île une fois que ma vengeance serait consommée. »

Nauplios semblait fatigué ; il vieillissait à vue d'œil.

« Je suis allé trouver la Naïade de la source, expliqua-t-il. J'ai endormi sa méfiance et je l'ai tuée. Comme je le prévoyais, son sang a attiré une hydre. J'ai conclu un pacte avec le monstre. Il pouvait demeurer aussi longtemps qu'il le voudrait. Je lui aurais offert le sacrifice de dix vierges pour obtenir son départ et je serais passé ainsi pour un héros. On m'aurait nommé roi de Symé… Mais j'ai échoué. »

Niréus s'avança au-devant du vieux marin, l'épée dressée.

« Maintenant, tu vas devoir payer tes agissements, Nauplios. »

Il comptait le tuer, mais Rhomé s'interposa, le visage grave.

« Niréus, ne le tue pas. C'est un vieil homme usé. La perte de son fils l'a brisé. Il ne peut plus faire de mal, à présent. Toi, tu as retrouvé ton île, ton peuple, ton royaume. Cela ne te suffit-il pas ? N'es-tu pas heureux à présent ?

— Je le suis, mais…

— Alors qu'as-tu besoin de salir tes mains avec le sang d'un vieillard ?

— Elle a raison, Niréus », ajouta Démodocos.

À cet instant, le regard de Nauplios retrouva un éclat de fauve. Avec une agilité insoupçonnée, il se précipita vers la baie, enjamba le parapet et se jeta dans la mer.

Une fois revenus de leur surprise, les compagnons allèrent se grouper à l'endroit où il avait sauté. Ils ne virent qu'un peu d'écume et les ailerons des Ichthyocentaures.

Chant 20

L'assemblée des dieux

Zeus embrassa du regard les dieux rassemblés sur le parvis d'or. Ils étaient tous là : Athéna, la déesse aux yeux de chouette, s'obstinait à conserver son casque et son bouclier ; Poséidon, l'Ébranleur du sol, ne lâchait pas son trident ; Arès, également tout en armes, caressait ses chiens d'attaque ; Hermès, messager des dieux, appuyé sur son bâton, s'éventait de son chapeau de voyage.

Ils étaient tous là, ou presque. Certains étaient occupés ailleurs et n'avaient pas répondu à l'appel. Le roi des dieux nota l'absence d'Héraclès, qui boudait les assemblées sous le prétexte qu'il n'y voyait que vain bavardage. En ce moment, Zeus n'était pas loin de lui donner raison.

Il prit la parole de sa voix tonnante :

« Dieux toujours heureux, nous avons des nouvelles des guerriers de Troie. Les héros sont tous au logis ; ils ont sauvé leur tête, réchappant de la guerre et des flots. Leur retour, vous le savez, a été endeuillé par la mort de nombre d'entre eux. Certains ont succombé à leurs blessures, d'autres ont été victimes de leur orgueil. »

Zeus attendit un instant avant de poursuivre. Les dieux étaient suspendus à ses lèvres.

« Nous savions qu'un homme complotait contre le retour des guerriers. Il avait dupé plusieurs de leurs épouses. Il avait allumé un feu trompeur au cap Capharée. Nous savons à présent de qui il s'agissait. C'était Nauplios, le père de Palamède. Il a voulu faire justice lui-même de la mort de son fils. Il a été démasqué alors qu'il s'attaquait au roi de l'île de Symé qui s'appelle…

— Niréus », compléta Athéna.

Zeus la remercia d'un signe de tête.

« Le roi Niréus a maintenant recouvré son royaume et débarrassé l'Égée de ce criminel. Il a d'ailleurs été désigné roi à la suite d'un signe divin. Lequel d'entre vous a commis cela ? Toi, Athéna ?

— Non, mon père, répondit la déesse guerrière.

— Toi, Poséidon ? s'enquit-il en se tournant vers le dieu marin.

— Non, mon frère », assura ce dernier.

Zeus gronda dans sa barbe. Ni Athéna ni Poséidon ne paraissaient mentir. Il éclaircirait ce point une autre fois. L'Assembleur de nuées empoigna sa coupe pleine de nectar.

« Ô dieux, ô déesses, levons nos coupes d'or et célébrons la fin de la guerre détestable, de l'atroce carnage ! »

Les calices[1] furent brandis et les dieux burent le nectar. Lorsqu'ils eurent étanché leur soif, Athéna s'adressa de nouveau à Zeus.

« Père, dit-elle, tous les héros de Troie ne sont pas rentrés chez eux.

— Que dis-tu là, ma fille ? sourcilla Zeus. Je pensais que ton protégé, le roi…

— Niréus, compléta Athéna.

— … était le dernier des guerriers à retrouver son royaume. »

La déesse aux yeux de chouette secoua la tête.

« Il en est un, expliqua-t-elle, qui erre encore sur les mers et qui n'a pas vu la fin de ses épreuves. Il se nomme Ulysse aux mille tours.

— Pourquoi Ulysse n'est-il pas encore rentré à Ithaque ? s'étonna Zeus.

— Le dieu des Mers le retient et dresse sans cesse des obstacles devant lui », dit Athéna sans prêter attention au regard meurtrier de Poséidon.

L'Ébranleur du sol intervint :

« Ulysse a aveuglé mon fils Polyphème, le Cyclope ! s'indigna-t-il.

— Ton fils lui a dévoré quatre compagnons ! » répliqua froidement Athéna.

Zeus, souverain des dieux, fit éclater sa voix de tonnerre et tous les dieux demeurèrent interdits :

---

1. Coupes.

« Silence ! tonna-t-il. Ce n'est pas à nous de décider de l'avenir d'Ulysse aux mille tours. Même les dieux sont soumis au destin. Pour l'heure, il convient de nous réjouir du retour des autres héros dans leur foyer. Nous nous intéresserons plus tard au roi d'Ithaque. »

Penauds, Athéna et Poséidon se turent car Zeus les avait fortement grondés. Le roi des dieux allait lever une nouvelle fois sa coupe d'or lorsqu'un vacarme épouvantable éclata à l'entrée du palais.

Tous les regards se tournèrent vers les colonnes qui encadraient la porte toujours ouverte. On vit alors arriver une silhouette grande et large qui ressemblait à un énorme lion. L'intrus s'avança et la silhouette se précisa. On reconnut la peau de lion, le gourdin, la barbe et les cheveux hirsutes.

« Héraclès, mon fils, l'accueillit Zeus. Tu as manqué notre assemblée. Viens-tu partager notre banquet ? »

Le dieu traversa le parvis d'or d'un pas lourd et bestial. Il bouscula plusieurs couches de nuages sur lesquelles les dieux étaient allongés pour festoyer. Il se planta devant Zeus, le regard terrible. Hermès ne cacha pas une grimace de dégoût en humant le parfum de sueur et de cuir qu'il exhalait.

« Père, annonça Héraclès, j'ai retrouvé Hébé ! »

Les dieux tendirent l'oreille. Tous s'intéressaient au destin de la petite déesse condamnée à servir les mortels pendant sept années. Le front de Zeus se plissa de rides. Héraclès ne parut pas remarquer les réactions qu'il suscitait car il continua sur le même ton brutal :

« J'ai ressenti sa présence sur l'île de Symé. Elle a ordonné aux poissons de voler dans les airs. Je vais la rejoindre ! »

Zeus soupira.

« Mon fils, puisque tu as cru découvrir le lieu où se trouvait Hébé, je t'autorise à aller la retrouver, mais tu n'empêcheras pas sa peine d'être purgée jusqu'à son terme.

— Je veux simplement la voir, père, et peut-être partager son tourment. »

Sur ces mots, Héraclès fit demi-tour, la massue toujours sur l'épaule. En passant devant Arès, il lui emprunta sa coupe, la vida d'un trait et l'envoya rouler sur la nuée blanche. Après quoi il sortit.

« Quelle brute, cracha Hermès.

— Il ne trouvera pas Hébé, lui dit Zeus. Je l'ai envoyée à Rhodes et non pas à Symé. Il se sera trompé et rentrera bredouille. »

L'Assembleur de nuées tendit sa coupe au bel adolescent pour qu'il la remplisse de nectar et le banquet des dieux se poursuivit.

Chant 21
Nouveaux départs

Le chasseur noir n'avait jamais perdu la trace de Niréus. Il l'avait suivi à travers les montagnes de Mysie, dans les cavernes d'Érythraea, sur l'île de Symé. Il n'était jamais loin, invisible, tapi, silencieux.

Plusieurs fois, il aurait pu tuer Niréus : la nuit où les Lycaons avaient attaqué, en Mysie lorsqu'il avait fait tomber des rochers, pendant le combat contre les Gorgones ou celui contre l'hydre. Mais, si l'on veut se venger, on ne tue pas celui qui veut mourir.

Pour cette raison, il avait épargné le prince sur la plage de Lemnos. Ses tentatives d'assassinat, à demi voilées, avaient pour but non pas de l'effrayer, mais de lui faire comprendre qu'on en voulait à son existence. Ainsi, il reprendrait goût à la vie et sa mort deviendrait une vengeance véritable.

Pendant longtemps, le chasseur noir avait pensé que Niréus ne retrouverait jamais sa joie de vivre. En le voyant agir, se montrer sarcastique, distant, hautain, il avait compris que le mal était profond. Il fallait le guérir de son dégoût. Plusieurs fois, il l'avait vu se relâcher, ouvrir les bras à la mort, l'attendre comme une délivrance.

Aujourd'hui, tout était changé. Niréus avait retrouvé son trône, il s'était fait des amis. Il était heureux. Le chasseur noir devait sortir de l'ombre pour porter le dernier coup.

Il se faufila dans les couloirs du palais de Symé. On y avait bu toute la nuit du vin pur et mangé les poissons tombés du ciel ainsi que les cuisseaux des génisses abattues pour rendre grâce aux dieux.

La citadelle ronflait, abrutie de nourriture et de boisson. Les gardes s'étaient endormis, appuyés sur leurs lances ; les esclaves avaient laissé retomber leur tête sur les plateaux qu'ils portaient. Les compagnons du nouveau roi étaient allés se coucher dans les chambres aux poutres de cèdre.

Le chasseur noir n'eut aucune difficulté à traverser le palais pour s'arrêter devant la chambre de Niréus. D'un geste fébrile, attendu depuis des années, il poussa la lourde porte qui le séparait de la délivrance.

*
* *

Niréus se réveilla, la tête lourde, la langue pâteuse. Le prince n'avait pas l'habitude de boire autant de vin. La boisson laissait dans sa bouche un goût amer. Il se redressa sur son lit.

Le héros ne se souvenait même plus être arrivé là ; peut-être l'avait-on porté. Il se rappelait peu de choses du banquet de la veille. L'ivresse lui avait fait tourner la tête. Niréus avait chanté, parlé, ri avec ses compagnons. Dans la lueur des flambeaux, les esclaves étaient belles. Il avait admiré leurs formes voluptueuses qui se dessinaient sous les robes légères.

Rhomé et Alexiarès étaient les plus belles, chacune à sa manière. La première avait l'allure féline, de longs membres souples. Le prince imaginait son dos nu, sculptural, et ses cheveux blancs tombant en rideau. La seconde était sensuelle, la croupe rebondie, la poitrine opulente ; sa peau semblait si douce au toucher. Tout en elle invitait au plaisir des sens.

Niréus frotta ses yeux embués de sommeil. Un reste d'ivresse lui commandait d'aller retrouver l'une ou l'autre dans sa chambre pour la regarder dormir, dans l'abandon des rêves, et peut-être caresser son ventre nu.

Le glissement de la porte le tira de ses rêveries. Une ombre entra dans sa chambre ; elle se déplaçait avec des gestes féminins. Dans l'aube à peine entamée, Niréus ne reconnut pas immédiatement sa visiteuse.

Elle fut bientôt assez proche pour qu'il pût la toucher en tendant le bras. Alors seulement il discerna les longs cheveux blafards, la peau halée, les yeux noirs. Son cœur sauta dans sa poitrine. Pour une fois, elle avait ôté son armure et ne portait qu'une large tunique. Il rêvait de revoir ses seins, entraperçus chez les Amazones, ses seins ronds et menus, dont le galbe délicieux revenait hanter ses nuits.

Il voulut glisser la main sous la tunique, mais elle lui saisit le poignet et écarta son bras. Elle se pencha lentement sur son torse nu et il n'eut aucun geste pour se dérober, puis sa bouche s'avança vers son visage. Il ne bougea pas. Les lèvres embrassèrent sa cicatrice, si chaudes qu'elles lui parurent brûlantes.

« Aurais-tu envie de moi, Niréus ? » chuchota-t-elle à son oreille.

Il ne répondit pas car tout son corps parlait pour lui ; il respirait trop vite et son cœur battait aussi fort qu'un tambour. Elle se recula alors et fit voler la large tunique.

Niréus faillit fermer les yeux tant son émotion était grande. Il remarqua immédiatement un détail étrange. Elle n'était pas nue sous la tunique. Elle portait un vêtement sombre, très ajusté. Au-dehors, le soleil jetait ses premiers feux ; un rayon frappa l'armure barbouillée de suie.

Rhomé se coiffa de son casque, qu'elle avait tenu caché dans son dos. Lui aussi avait été noirci à la suie. Elle dégaina son épée et découpa l'air. Niréus eut le réflexe de rouler sur le côté et la lame trancha les couvertures.

« Qu'est-ce qui te prend ? » cria-t-il.

Elle marcha sur lui tandis qu'il reculait, nu, désarmé.

« Tu ne le sais pas encore ? Je suis le chasseur noir, celui qui a juré ta perte ! »

Tout en parlant, elle se porta brusquement en avant pour le toucher. Niréus se baissa pour éviter l'attaque. Il se jeta derrière le lit pour se mettre à l'abri. La guerrière lui coupait le passage vers la porte.

« Je ne comprends pas ta haine », haleta-t-il.

Elle commença à contourner le lit pour l'atteindre.

« Cela ne me surprend pas, dit-elle froidement. Tu n'as pas su reconnaître le père de Palamède, comment reconnaîtrais-tu la fille de Télèphe ?

— Télèphe ? Tu es la fille de Télèphe ?

— Celle dont tu as tué lâchement la mère lorsque tu as débarqué en Mysie avec tes perfides Achéens. Celle dont Achille a blessé le père… »

D'un bond, elle sauta sur le lit. Elle le dominait de toute sa hauteur et pointait son épée sur lui.

« Je t'ai sauvé quand tu es tombé à l'eau. J'ai attendu tout ce temps pour te tuer enfin. Chaque jour, je te voyais et je brûlais de haine. Ma seule consolation a été de contempler la cicatrice que mon frère t'a infligée. Car tu l'as assassiné aussi ! »

Niréus eut aussi un sourire amer.

« Je comprends maintenant. Tu as failli me tuer chez les Amazones quand nous étions invisibles. Tu as encore failli me tuer quand je suis revenu de chez les Telchines. Tu as retenu ton geste. Pourquoi ? »

Il tourna lentement autour de la couche et elle le suivit de la pointe de l'épée.

« Je voulais que tu retrouves tout ce que tu avais perdu. Je voulais tout t'enlever au moment où tu aurais repris espoir… »

Niréus l'interrompit d'un rire grinçant.

« Voyons, Rhomé, tu t'aveugles. Tu ne m'as pas tué, non pas parce que tu ne voulais pas mais parce que tu ne le pouvais. Tu as compris que j'étais déjà mort. Jamais un trône ou un sceptre n'effaceront ce que j'ai vu à Troie. Mortels et immortels me dégoûtent de la même manière. Tu peux me tuer maintenant. Je ne t'en empêcherai pas. »

Il s'avança vers elle, monta sur le lit, superbe dans sa nudité. Ce fut elle qui recula d'un pas. Il appuya sa poitrine contre la pointe de l'arme.

« Qu'attends-tu ? Je suis à ta merci… »

La main de la guerrière, pendant un infime instant, fut moins ferme sur le manche de son arme. L'œil exercé de Niréus repéra ce changement. Sa main se tendit à la vitesse de l'éclair. Il détourna la lame, saisit l'avant-bras de la guerrière et le tordit violemment.

Rhomé poussa un gémissement de douleur et lâcha son épée. Les deux guerriers luttèrent un moment à mains nues, mesurant leurs forces. Rhomé était très robuste, mais pas suffisamment pour résister longtemps à Niréus. Il lui fit lentement plier le genou et, d'un coup de pied, l'envoya rouler à terre.

Il ramassa l'épée et bondit sur elle. Il posa le fer froid sur sa gorge, à la limite de l'armure et du casque. La lèvre de Rhomé saignait, tout comme un filet de sang avait coulé de la bouche de sa mère dix ans auparavant. Il revoyait soudain la plage, les morts et cette femme superbe qui mourait à ses pieds. Ce fut à la main de Niréus de trembler.

« On dirait que tu es condamné à tuer des femmes, lui lança la guerrière. On t'appellera Niréus Gynéphontès, le "tueur de femmes". »

Le roi de Symé serra les dents, puis leva son épée.

« Va-t'en, Rhomé. Ta haine me fatigue. »

La guerrière se releva, stupéfaite. Elle recula jusqu'à la porte, comme si elle craignait d'être frappée dans le dos. Elle lança à Niréus un regard si flamboyant qu'il se sentit plus dénudé encore, puis elle disparut dans l'embrasure.

Lorsqu'il fut seul, Niréus se retourna vers le lit et s'y allongea doucement. Il avait tellement sommeil ! La haine qui brûlait dans les yeux de Rhomé avait consumé ses dernières forces.

*
* *

Démodocos le trouva dans la salle du trône, admirant distraitement les incrustations de son sceptre.

« Je te cherchais, dit l'aède. Je voulais t'avertir de mon départ.

— Tu t'en vas ? releva Niréus.

— J'ai parlé avec Dryops. Il ne pense qu'à ses origines depuis que tu as fait des allusions déplacées au sujet de sa mère. Il veut retourner en Mysie. Le chemin est trop dangereux pour un enfant.

— De même pour un aveugle », ajouta Niréus.

Démodocos eut un sourire vague.

« Mais un aveugle et un enfant sauront arriver à destination. Il me guidera, je le protégerai.

— Il n'y a pas moyen de te faire revenir sur ta décision ?

— Non, roi de Symé. Le navire du marchand Phyliros part bientôt et nous embarquerons. J'ai été content de faire ce chemin avec toi. Tu es un peu moins dur que lorsque je t'ai rencontré, mais tu demeures un bloc de pierre. Prends garde à ne pas te briser et à ne pas briser ceux qui t'entourent. »

Démodocos se retourna. Après quelques pas, il s'arrêta.

« J'ai déjà prévenu Alexiarès. J'aurais voulu dire adieu à Rhomé…

— Elle est partie. Elle avait à faire ailleurs. »

L'aède hocha sa tête grise.

« Tu ne me fais toujours pas confiance, guerrier. J'espère que la confiance te reviendra un jour, et que ce jour-là nous nous rencontrerons de nouveau.

— C'est aux dieux d'en décider », conclut froidement Niréus.

L'aède partit de son allure tranquille.

Quelques instants plus tard, Alexiarès entrait à son tour. Son visage était à la fois triste et souriant. Sa beauté était celle d'une déesse.

« Je viens de saluer Démodocos et Dryops, dit-elle. Tu aurais pu les accompagner sur la terrasse.

— Démodocos ne m'aurait pas vu », ricana Niréus tout bas.

Alexiarès ne parut pas entendre sa remarque.

« J'ai appris que Rhomé était déjà partie. Pourquoi n'a-t-elle prévenu personne ? »

Niréus tapota son sceptre dans sa paume.

« Je l'ai chassée, déclara-t-il à brûle-pourpoint.

— Comment…

— Elle se faisait passer pour ce qu'elle n'était pas. Un peu à ta façon, déesse. D'ailleurs, je t'affranchis de ton esclavage. Tu es libre. »

Alexiarès blêmit.

« Tu me congédies comme une servante ? dit-elle d'une voix blanche.

— Tu ne m'appartiens plus. C'est Rhomé qui t'a gagnée chez les Amazones. Tu peux te mettre à son service. Laisse-moi. »

Il la renvoya d'un mouvement de son sceptre. Il sentait que la jeune femme était ulcérée [1]. Elle avança vers la porte sans le quitter des yeux.

1. Profondément blessée dans son amour-propre.

« Quels efforts tu fais pour demeurer seul, Niréus », laissa-t-elle tomber avant de partir.

Le roi de Symé fit sortir tous les serviteurs, qui refermèrent les vantaux de la salle du trône. Le peuple ne pourrait admettre que le souverain ne se montre pas au premier jour de son règne. Il s'en moquait.

Il avait traversé une partie de l'Égée. Il s'était entouré de compagnons, il avait gagné un bouclier, une épée, un sceptre. Maigre butin. Ses amis – mais pouvait-il les appeler ainsi, eux qui lui avaient sans cesse menti, qui avaient essayé de le tuer ? – étaient repartis. Il demeurait seul dans son palais. Après tout, c'était ce qu'il avait toujours voulu.

Il se leva et fit revenir les serviteurs. Finalement, il irait trouver son peuple. Il allait monter sur la terrasse, se montrer aux Syméens et s'enivrer de leurs acclamations jusqu'à s'en abrutir.

Table des héros, des créatures et des dieux

Achille : il est le meilleur et le plus beau guerrier des Achéens. Pratiquement invulnérable et rapide au combat, il est surnommé Achille au pied léger.

Alséides : déesses mineures, créatures naturelles qui habitent dans les bois.

Amazones : peuple de guerrières nomades qui refusent les hommes et se mutilent un sein pour mieux tirer à l'arc.

Arès : dieu olympien de la Guerre, fils de Zeus, il est peu apprécié des autres dieux en raison de son goût pour le sang et les batailles.

Athéna : déesse olympienne de la Guerre et de l'Intelligence, patronne des Artisans, fille de Zeus, elle porte toujours un casque et le bouclier de son père.

Dactyles : démons magiciens et bâtisseurs de la région de Troie, ils sont au nombre de dix, comme les doigts de la main.

Géants : créatures monstrueuses aux jambes se terminant en serpents. Fils de Gaïa, la Terre, les Géants ont combattu les dieux de l'Olympe dans une guerre terrible qu'ils ont perdue.

Gorgones : créatures monstrueuses ailées, couvertes d'écailles, à la tête hérissée de serpents. Ces filles de Poséidon ont le pouvoir de pétrifier leur adversaire par un simple regard.

Hébé : déesse olympienne de la Jeunesse, fille de Zeus, elle a pour fonction principale de servir le nectar, boisson des dieux, aux banquets de l'Olympe.

Hécatonchires : créatures géantes à cent bras et cinquante têtes, ils sont au nombre de trois et sont les gardiens du Tartare.

Hélène : femme achéenne, épouse du roi de Sparte, elle a été enlevée par un Troyen, mais certains récits disent qu'elle s'est enfuie de son plein gré. La guerre de Troie a été déclenchée pour la récupérer. Elle est la plus belle femme du monde.

Héraclès : fils de Zeus et d'une mortelle, mortel lui-même, il a été le plus grand des héros avant de devenir, à sa mort, l'un des dieux olympiens. Brutal, il est coiffé d'une peau de lion et armé d'un gourdin.

Hermès : dieu olympien, guide des marchands, des voyageurs et des voleurs, fils de Zeus, messager des dieux, jeune et beau, il porte des sandales ailées et un bâton de voyage.

Hydres : créatures ressemblant à un dragon ou à un serpent géant, elles gardent souvent des trésors ou des sources, qu'elles polluent de leur présence maléfique.

ICHTHYOCENTAURES : créatures mi-hommes mi-poissons qui vivent dans la mer, ces carnassiers utilisent leurs pattes avant de lion pour déchirer leurs proies.

IRIS : déesse olympienne, messagère des dieux, elle porte ses messages sur un arc-en-ciel.

LYCAONS : créatures mi-hommes mi-loups.

MUSES : déesses des Arts et de l'Éloquence, filles de Zeus, elles sont au nombre de neuf et inspirent les poètes.

NAÏADES : déesses mineures habitant les sources ou les fleuves.

PALAMÈDE : guerrier achéen, fils de Nauplios, il est plus un savant qu'un soldat. Ulysse, jaloux de lui, monte un complot pour le faire accuser de traîtrise et exécuter.

PENTHÉSILÉE : reine des Amazones, alliée de Troie, elle est tuée par Achille.

POSÉIDON : frère de Zeus, dieu de la Mer et de la Terre, armé d'un trident. Il peut déclencher des séismes. Pour cette raison, on le nomme aussi Ébranleur du sol. Il poursuit Ulysse de sa colère car ce dernier a tué le cyclope Polyphème, l'un de ses fils.

SATYRES : créatures mi-hommes mi-boucs qui vivent dans les bois et les bocages.

SIBYLLE : vieille prêtresse qui a des pouvoirs de divination ; on la consulte pour connaître son avenir.

TARTARE : région souterraine plus basse encore que les Enfers, qui sert de prison à tous ceux qui se dressent contre Zeus, comme les Géants. Les Hécatonchires en sont les gardiens.

Telchines : puissants démons magiciens de l'île de Rhodes, ils ont été foudroyés par Zeus pour avoir rendu Rhodes stérile.

Télèphe : héros mysien, recueilli par le roi Teuthras, allié de Troie, il est blessé par Achille tandis que sa femme est tuée par Niréus.

Teuthras : roi de Mysie, allié de Troie, il est frappé de la lèpre et de la folie par Artémis. Il voulait faire de Télèphe son héritier.

Ulysse : guerrier achéen, roi de l'île d'Ithaque, il est célèbre pour ses ruses, notamment celle où il fit se cacher des guerriers achéens dans un cheval de bois creux pour prendre la ville de Troie. Pour cette raison, on le surnomme l'Homme aux mille tours.

Zeus : dieu olympien qui gouverne la foudre et le tonnerre ; il est aussi le dieu suprême et le père de la plupart des dieux et des déesses. On le nomme le Tonnant ou l'Assembleur de nuées.

L’aventure continue

Étonnants personnages et drôles de créatures

Portraits chinois... à la grecque !

En suivant l'exemple proposé, réalisez un portrait fidèle de chacun des membres de la « drôle de troupe » qui accompagne Niréus. Attention, dans la mesure du possible, l'élément de comparaison doit être emprunté au monde antique.

Exemple : Niréus

– S'il était un **animal**, il serait *un lion*.
– S'il était une **plante**, il serait *le lierre*.
– S'il était un **sport**, il serait *le pugilat*.
– S'il était un **paysage**, il serait *une montagne rocailleuse*.
– S'il était un **bruit**, il serait *celui du tonnerre*.
– S'il était une **qualité**, il serait *l'intégrité*.
– S'il était un **aliment**, il serait *du pain pita*.

À vous de jouer !

En suivant l'exemple ci-dessus, dressez le portrait chinois de : Démodocos, Dryops, Rhomé et Alexiarès.

Vous avez dessiné tous les portraits ? Quelle imagination et quelle intelligence ! Si vous étiez un héros grec, vous seriez certainement… Ulysse !

Imitons Homère

Homère caractérise les héros, les dieux et les éléments en associant au nom qui les désigne une qualité qui leur est propre. L'attestent les formulations suivantes, également appelées « épithètes homériques » : « Ulysse **aux mille tours** » (qui signifie « aux mille ruses »), « L'Aurore **aux doigts de rose** ».
En suivant l'exemple proposé, inventez des épithètes homériques pour les personnages de *La Dernière Odyssée*.

Exemple
Niréus **au courage sans faille**.

À vous de jouer !
Démodocos..
Dryops..
Rhomé...
Alexiarès ....

La métamorphose d'Hécube

Vous souvenez-vous de la métamorphose d'Hécube, reine de Troie, en animal monstrueux au chant 1 de *La Dernière Odyssée* ? Relisez le passage concerné (p. 20-21) puis, en vous aidant des détails mentionnés dans le texte, complétez le dessin (voir page ci-contre) de manière à représenter Hécube à la fin de sa transformation.

....

Des créatures au nom bizarre

En vous aidant des indices ci-dessous, saurez-vous identifier les créatures qui peuplent *La Dernière Odyssée* ?

1. Lorsqu'il s'agit de combattre, les hommes n'ont rien à nous envier ; nous sommes ....
2. Nous faisons toute chose avec « doigté » ; nous sommes.. ....
3. Un simple regard… et c'est le coup de foudre ; nous sommes ....
4. Fils de Gaïa et d'Ouranos, nous combattons à tour de bras ; nous sommes ....
5. Nous nous sentons comme des poissons dans l'eau ; nous sommes ....
6. Mi-homme, mi-animal, mon appétit est dévorant ; je suis ....
7. Comprenne qui pourra mes propos sibyllins ; je suis ....
8. Véritable empoisonneuse ; je suis ....
9. Magiciens amphibies, nous voulons la peau de l'empoisonneuse ; nous sommes..

Des créatures inventées ?

Dans son roman, Fabien Clavel a décrit ces créatures à sa façon, tout en empruntant certains de leurs traits aux mythes grecs dans lesquels elles apparaissent. Après avoir effectué une recherche documentaire, essayez d'identifier les modifications ou ajouts apportés par l'auteur à la représentation originelle de chacune. Exercez-vous à ce jeu des différences à partir de la liste suivante : Lycaons, hydre, Telchines, Dactyles, Sibylle, Satyres, Alséides, Naïades, Gorgones.

À la découverte de l'alphabet grec

L'alphabet grec est beaucoup plus simple qu'il ne paraît à première vue… D'ailleurs, grâce aux mathématiques, vous connaissez déjà certaines lettres, comme π, par exemple. Le tableau suivant permet d'établir les correspondances entre lettres grecques et alphabet français.

Lettre grecque majuscule	Lettre grecque minuscule	Nom de la lettre grecque	Transcription dans l'alphabet français
Α	α	alpha	A
Β	β	bêta	B
Γ	γ	gamma	G
Δ	δ	delta	D
Ε	ε	epsilon	É
Ζ	ζ	dzêta	Z
Η	η	êta	È

Lettre grecque majuscule	Lettre grecque minuscule	Nom de la lettre grecque	Transcription dans l'alphabet français
Θ	θ	thêta	Th
Ι	ι	iota	I
Κ	κ	kappa	K
Λ	λ	lambda	L
Μ	μ	mu	M
Ν	ν	nu	N
Ξ	ξ	ksi	X
Ο	ο	omicron	O
Π	π	pi	P
Ρ	ρ	rhô	R
Σ	σ	sigma	S
Τ	τ	tau	T
ϒ	υ	upsilon	Y
Φ	φ	phi	Ph
Χ	χ	chi ou khi	Ch
Ψ	ψ	psi	Ps
Ω	ω	omega	Ô

Exemple de transcription du français vers le grec

« **Dactyles** » vient d'un mot grec qui signifie « doigt ». Voici la transcription de chaque lettre française composant ce mot dans l'alphabet grec.

Lettres françaises	Lettres grecques majuscules	Lettres grecques minuscules	Précisions utiles
D	Δ	δ	Cette lettre s'appelle **delta**. La forme de la majuscule ne vous rappelle-t-elle pas un élément géographique du même nom ?

Lettres françaises	Lettres grecques majuscules	Lettres grecques minuscules	Précisions utiles
A	A	α	Cette lettre s'appelle **alpha**. C'est elle qui compose la première partie du mot français « alphabet », la seconde étant la transcription de la lettre bêta (qui n'a rien d'idiot…), deuxième lettre de l'alphabet grec.
C	K	κ	Cette lettre s'appelle **kappa**. Elle ressemble au « k » français car elle transcrit le son [k] comme dans le mot « **cri** ».
T	T	τ	Cette lettre s'appelle **tau**. Sa graphie est très proche de la lettre correspondante en français.
Y	Υ	υ	Cette lettre s'appelle **upsilon**. Elle est transcrite en français par le « y » (« i grec ») qui, en réalité, devrait s'appeler le « u grec » si l'on s'en tient à son étymologie grecque !
L	Λ	λ	Cette lettre s'appelle **lambda**. On la retrouve dans l'expression française « une personne lambda », qui signifie « une personne quelconque, qu'on ne remarque pas », tout comme la lettre perdue au beau milieu de l'alphabet grec…
E	E	ε	Cette lettre s'appelle **epsilon**. La minuscule s'écrit comme un 3 à l'envers, tandis que la majuscule est identique à celle qu'on emploie en français.
S	Σ	ς	Cette lettre s'appelle **sigma**. Elle est utilisée comme symbole physique et mathématique.

À vous de jouer !

1. Tracez les lettres grecques du mot « Dactyles » en suivant le modèle proposé (page ci-contre).

δ δ δ δ δ ....

α α α α α ....

κ κ κ κ κ ....

τ τ τ τ τ ....

υ υ υ υ υ ....

λ λ λ λ λ ....

ε ε ε ε ε ....

ς ς ς ς ς ....

2. À l'aide du tableau de correspondance entre alphabet grec et alphabet français (p. 260-261), transcrivez le nom des créatures suivantes, qui figurent toutes dans *La Dernière Odyssée* : Amazone ; Gorgone ; Hécathonchire ; Ichthyocentaure ; Lycaon ; Sibylle ; hydre ; Telchine.
3. Maintenant, amusez-vous à transcrire votre prénom !

Des expressions mythologiques en pagaille

Encore fréquemment utilisées de nos jours, les expressions suivantes ont toutes en commun de faire allusion à un personnage ou à un événement de la mythologie grecque (dont certains sont mentionnés dans *La Dernière Odyssée*). Saurez-vous retrouver la signification de chacune ?

- Se croire sorti de la cuisse de Jupiter
- Un travail d'Hercule
- Être soumis au supplice de Tantale
- Le tonneau des Danaïdes
- Se perdre dans un dédale
- Ouvrir la boîte de Pandore
- Être le sosie de quelqu'un
- Être une harpie
- Suivre le fil d'Ariane
- Trouver le talon d'Achille de quelqu'un
- Être médusé
- Tomber de Charybde en Scylla
- Être dans les bras de Morphée

- Ne pas trouver son chemin
- Aller de malheur en malheur
- Être une personne malveillante et agressive
- Se juger supérieur aux autres
- Rester immobile de stupéfaction
- Une tâche gigantesque
- Être endormi
- Être tout le portrait de quelqu'un
- Identifier le point faible de quelqu'un
- Déclencher une série de problèmes
- Se diriger grâce à des indices
- Un travail qui n'en finit jamais
- Désirer quelque chose d'impossible

Bas les masques !

Dans le roman, les personnages dissimulent souvent leur véritable identité. Vous rappelez-vous pour qui ils se font passer et comment ils se font démasquer ?

1. Au chant 3, sur l'île des femmes, sous quelle figure Niréus apparaît-il ?

A. un pêcheur
B. un marchand d'huile
C. un commerçant

2. Au chant 5, quel personnage émet des doutes sur l'identité de Niréus ?

A. Démodocos
B. Teuthras
C. la princesse lemnienne

3. Au chant 8, que remarque Niréus à propos de Rhomos ?

A. qu'il possède un bouclier en or
B. qu'il est de petite taille
C. qu'il a des traits doux et réguliers

4. À quelle occasion découvre-t-on que Rhomos est une femme ?

A. lors du combat contre les Lycaons
B. lors du séjour chez les Alséides
C. lors des jeux funèbres chez les Amazones

5. Qu'est-ce qui, chez Alexiarès, ne correspond pas à la condition d'esclave ?

A. ses longs cheveux
B. ses caprices
C. son doux parfum de fleur

6. Qui révèle la véritable identité d'Alexiarès ?

A. Hermès
B. Zeus
C. Apollon

Le fil d'Ariane

Êtes-vous parvenu(e) à suivre les nombreuses péripéties de Niréus et de ses compagnons sans vous perdre dans le dédale de leurs aventures ? Classez les épisodes suivants dans l'ordre chronologique. Pour cela, numérotez-les de 1 à 17.

☐ Niréus tue l'hydre avec l'aide de Rhomé et de Démodocos.

☐ Niréus rencontre Démodocos.

☐ Niréus, Démodocos, Rhomos et Alexiarès, gagnée aux dés, quittent la demeure du roi Teuthras.

☐ Cruelle bataille contre les Gorgones.

☐ Niréus échoue sur l'île des femmes à Lemnos.

☐ Découverte de Dryops, caché au fond de la malle d'Alexiarès.

☐ À la fin de la guerre de Troie, Niréus embarque sur son navire et fait naufrage.

☐ Niréus découvre le royaume sous-marin des Telchines.

☐ Hébé est condamnée à être exilée sur terre pendant sept ans.

☐ Niréus retrouve enfin son trône mais perd ses camarades.

☐ Niréus et Démodocos sont accueillis chez le roi Teuthras.

☐ Arrivée sur l'île de Symé.

☐ Hébé et Iris concluent un marché sur l'Olympe.

☐ Niréus consulte la Sibylle.

☐ Niréus et Démodocos combattent les Lycaons.

☐ La troupe tombe aux mains des Amazones et participe aux jeux funèbres donnés en l'honneur de leur défunte reine.

☐ Niréus, Démodocos et Rhomos détruisent le jardin qui a poussé chez Teuthras.

À chaque dieu ses accessoires !

Aux chants 4, 7, 14 et 20 de *La Dernière Odyssée*, il est question de l'assemblée des dieux de l'Olympe, souvent houleuse et présidée par « Zeus tout-puissant ». Saurez-vous rendre son attribut caractéristique (objet, élément naturel ou animal) à chacun des principaux dieux olympiens : Zeus, Héra, Déméter, Poséidon, Hestia, Arès, Héphaïstos, Athéna, Artémis, Apollon, Dionysos, Aphrodite, Iris, Hermès ?

Attributs	**Dieux olympiens**

Attributs	Dieux olympiens

Dieux croisés

Complétez les mots croisés suivants à l'aide des définitions proposées.

Horizontalement

A. Dieu de la musique, je suis aussi un redoutable tireur à l'arc.
B. Sortie en armes de la tête de Zeus, je guide Ulysse sur le chemin du retour.
C. Je règne sur l'Olympe et j'arbitre les querelles entre les dieux.
E. Sœur jumelle d'Apollon, je suis la protectrice des Amazones.
F. Fille de Cronos et de Rhéa, je fais fructifier les champs.

Verticalement

2. Jalouse des maîtresses de mon époux, je me venge de ses infidélités dès que possible !
4. Redoutable « Ébranleur du sol », j'ai été élevé par les Telchines.
10. Je me suis montré particulièrement sévère envers ma sœur Hébé, lors de son jugement par Zeus (voir le chant 4).
13. Grâce à moi, Alexiarès a pu boire le nectar des dieux et retrouver ses forces.
16. Je règne sur le monde souterrain.
21. En promettant la belle Hélène à Pâris, j'ai été à l'origine de la guerre de Troie.

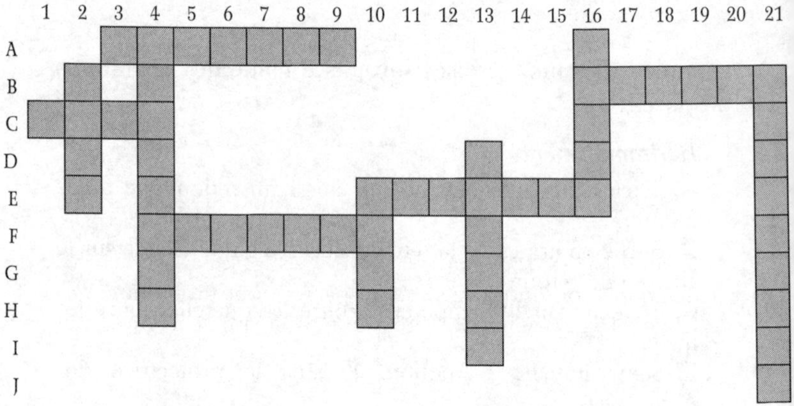

Sur les traces du chasseur noir : l'itinéraire d'une vengeance

Tout au long du roman, le mystérieux chasseur noir prend soin de ne jamais quitter d'une semelle celui qu'il poursuit de sa vindicte haineuse. Dans les dernières pages du texte, lorsque le lecteur découvre le vrai visage du personnage, il comprend qu'il a usurpé la meilleure des identités possibles afin d'être au plus près de Niréus et de pouvoir le tuer au moment le plus opportun…

Pourtant, peut-être aurez-vous repéré dans le texte des indices qui permettaient de le démasquer. Faites-vous détective et prenez le chasseur noir en filature ! Répondez aux questions suivantes en relevant dans le texte les indices révélateurs de la nature réelle du personnage.

Chant 6 : Niréus et Démodocos sont-ils les seuls à avoir tué des Lycaons ?
Chant 8 : À votre avis, le gros rocher qui a failli écraser Niréus chez Teuthras est-il tombé accidentellement ?
Chant 11 : Quelle attitude adopte Rhomé lorsque Niréus veut la féliciter de sa victoire aux jeux chez les Amazones ?
Chant 13 : Que réaffirme Rhomé lorsque Niréus lui demande pourquoi elle s'est fait passer pour un homme ?
Chant 15 : Comment Niréus interprète-t-il le regard que Rhomé pose sur lui ?
Chant 17 : Que ressent Rhomé lorsque Niréus est englouti sous les flots ?
Chant 18 : Comment expliquer qu'au moment où tous se réjouissent de voir Niréus sain et sauf, Rhomé le menace de son arc tendu ?

Mes passages préférés

Notez ici vos passages préférés afin d'en garder le souvenir.

La naissance de *La Dernière Odyssée* racontée par Fabien Clavel

Première étape

Paris, printemps 1997

Tout commence cette année-là. Je suis étudiant en classe préparatoire de lettres et on me demande de réaliser un exposé sur un personnage littéraire. Je choisis Hector – juste avant je suis tombé sur un article consacré à un livre d'une grande spécialiste de la civilisation et de la langue grecques, Jacqueline de Romilly, où il était question du héros ; le papier expliquait combien il était humain et intéressant. À cette époque, je n'avais pas encore lu l'*Iliade*. Certes, j'en connaissais des fragments, mais je n'avais rien retenu de précis.

Me voilà donc lancé dans l'épopée ; je décide de relever toutes les apparitions d'Hector. Ce qui me frappe d'emblée, c'est la sensibilité du guerrier, présenté dans sa sphère privée : je découvre un mari attentionné à l'égard de son épouse, Andromaque, et un père plein de tendresse avec son fils, Astyanax. Il y a cette scène touchante où, avant de partir au combat, il dit au revoir à son garçon, encore tout petit ; il est muni de son casque et l'enfant, qui ne le reconnaît pas, prend peur, ce qui amuse le puissant combattant… En outre, Hector est respectueux des dieux, de sa cité et de ses adversaires. Admiré de tous, il fait tout ce qu'il peut pour que la guerre prenne fin le plus rapidement possible. C'est précisément à cause de ses valeurs et de sa profonde humanité que le héros est parfois relégué au second plan : ce sont des qualités discrètes, moins éclatantes que la farouche ardeur qui caractérise les autres guerriers – Achille, par exemple. C'est d'ailleurs ce dernier qui terrasse Hector !

J'avance dans le texte et je saute les pages dans lesquelles Homère passe en revue les guerriers des deux camps. C'est pourtant là qu'apparaît Niréus !

– Au fait, j'ai eu une très bonne note à mon exposé.

Deuxième étape

Paris, mai 2004

Le film *Troie*, de Wolfgang Petersen, sort sur les écrans, ce qui attise ma curiosité : si l'*Odyssée* a été adaptée plusieurs fois au cinéma, l'*Iliade* n'a pas connu le même sort. Depuis ma lecture de l'épopée sept ans auparavant, l'univers déployé par Homère me fascine et je me précipite au cinéma avec une amie de prépa. Le film nous plaît tellement que nous retournons le voir très peu de temps après.

Tout m'enchante dans cette adaptation : la distribution, les décors, les combats. Hector est exactement comme je l'imaginais ! Pourtant importantes, les libertés prises avec l'œuvre originale (les dieux sont absents, au lieu de dix années, la guerre ne dure que quelques jours…) ne me gênent pas.

Le péplum devient rapidement l'un de mes films préférés. Chaque fois que j'ai l'occasion de le visionner, j'éprouve la même émotion lorsqu'on annonce à Achille que son cher ami Patrocle est… Je n'en dis pas plus, je ne veux pas gâcher la surprise de ceux qui ne connaîtraient pas encore l'histoire !

Là me vient l'idée d'imaginer les événements qui se sont passés avant et après la guerre de Troie, pour les mettre en récit. Et, chemin faisant, je découvre qu'il existait dans l'Antiquité de nombreux textes racontant le retour des combattants grecs après la guerre ; ces œuvres sont appelées *Nostoï* (*Les Retours*). Malheureusement, à part l'*Odyssée*, elles ne sont pas parvenues jusqu'à nous.

En 2004, j'ai déjà écrit plusieurs romans et je commence à prendre des notes pour raconter une odyssée à ma manière.

Troisième étape

Vendôme, juin 2006

Lors du festival de l'Imaginaire, je me retrouve à discuter avec un collègue auteur, Colin Marchika, au sujet du maître de l'Olympe. Nous ne sommes pas d'accord. Lui estime qu'un écrivain peut décider de détrôner Zeus en le faisant battre par plus fort que lui. De mon côté, je pense que Zeus doit rester roi des dieux à jamais. Eh oui, c'est le genre de discussion qu'on a entre auteurs de *fantasy* !

Je lui parle alors de mon idée de nouvelle odyssée. Dans mon roman, Zeus aurait précisément le dernier mot. Et mon héros serait une sorte de rebelle contre les dieux. Mais, comme Zeus est indétrônable (selon moi en tout cas), la révolte du personnage serait vaine.

Entre-temps, j'ai relu l'*Iliade*, et notamment le passage que j'avais négligé la première fois. J'y ai trouvé Niréus (Nirée, dans la traduction française), le plus beau des guerriers après Achille, mais aussi le chef de l'armée la plus réduite : exactement ce qu'il me fallait ! Comme Hector, Niréus a beaucoup de qualités mais ne sera jamais qu'un éternel second. Un *loser*, quoi.

Pour nourrir mon roman, je continue d'enrichir ma documentation sur les mythes liés à l'*Iliade*, que je rassemble depuis plusieurs années déjà.

Quatrième étape

Paris, juillet 2006

Je constate qu'on ne sait presque rien sur Niréus. Il vient de l'île de Symé, ses parents sont Charopos et la nymphe Aglaea. Son seul exploit ? L'expédition militaire contre Télèphe, roi de Tégée. Les Grecs, menés par Achille, débarquent par erreur au sud de Troie, en Mysie. Télèphe vient à leur rencontre, tue de nombreux guerriers mais est blessé par Achille. Son épouse, Hiéra, qui combat à ses côtés, est tuée par Niréus.

C'est vraiment le héros idéal pour moi. Les informations disponibles suffisent à lui donner un profil de personnage tragique : un guerrier à la tête de la plus petite des armées et capable « seulement » du meurtre d'une femme. De quoi laisser libre cours à mon imagination... Après cette victoire honteuse, quel pourra être le retour de Niréus chez lui ?

À ce moment-là, je reçois un coup de fil de Xavier Mauméjean qui dirige une nouvelle collection de *fantasy* jeunesse fondée sur les mythes et légendes du monde entier. Je lui parle de Niréus. Le projet lui plaît. Enthousiasmé à l'idée de raconter enfin l'histoire de mon héros, mais aussi d'écrire mon premier roman jeunesse, je me lance presque immédiatement dans la rédaction.

En un mois, le roman est terminé.

Cinquième et dernière étape

Budapest, août 2007

Après corrections, le livre paraît enfin aux éditions Mango, sous le titre *La Dernière Odyssée*, qui n'est pas de moi mais que j'aime beaucoup. Il est bien accueilli, et même récompensé par un prix.

Je me penche alors sur la suite des aventures de Niréus. En effet, dès le début, j'avais prévu une trilogie autour de mon héros. Je trace les premiers mots de ce qui deviendra *Les Gorgonautes*, roman qui reprend le personnage de Niréus là où je l'ai laissé à la fin de *La Dernière Odyssée*. Cette suite paraît en 2009, toujours chez Mango.

Il me reste encore un troisième roman à écrire. Régulièrement, je repense à mon héros qui continue de vivre en moi et j'ajoute quelques mots au plan de l'histoire que je compte raconter.

Niréus n'a toujours pas fini de naître…

TABLE

Les petits livres qui font les grands lecteurs

Dans la même collection

ÉTONNANTissimes

Le Comédien malgré lui (Inédit)
Michel Quint

À vingt ans, malgré des études de médecine prometteuses, Ingrid se mure mystérieusement dans le silence… au grand dam de sa mère qui décide d'embaucher un comédien professionnel pour lui faire recouvrer la parole.

À la suite d'un quiproquo, Baptiste Février, jardinier paysagiste, est chargé par la riche châtelaine de faire advenir le miracle qui sauvera sa fille. Mais passer des légumes à l'art dramatique se révèle périlleux, surtout quand de sombres histoires de famille surgissent…

ÉTONNANTiss!mes

Marie des grenouilles
Jean-Claude Grumberg

Le roi se meurt sans héritier et laisse le royaume à la merci de l'ennemi qui approche. Il est urgent de trouver un dauphin… C'est la mission qui revient à Marie des grenouilles, la souillonne du château. Elle jette son dévolu sur un doux batracien, qu'elle libère de sa verte apparence. Mais le nouveau prince, Brillant, parviendra-t-il à apaiser la colère des peuples ennemis ?

L'auteur, Jean-Claude Grumberg, revisite les contes traditionnels pour en proposer une version théâtralisée pleine d'humour.

ÉTONNANTiss!mes

Cinq Histoires d'amour et de chevalerie

Dans le pays de Bretagne plein de mystères, certains chevaliers disparaissent la nuit ; on dit qu'ils se transforment en loups-garous…

D'autres, dans le secret d'épaisses forêts, font la connaissance de jeunes femmes plus belles que l'épouse du roi Arthur…

D'autres encore, à leur grand désespoir, sont condamnés à choisir entre la fidélité qui les lie à leur seigneur et l'amour qu'ils portent à leur dame…

Mais quelles que soient leurs aventures, tous doivent s'armer de courage et démontrer leur loyauté s'ils veulent surmonter les épreuves qui les attendent.

Les Aventures de Till l'Espiègle

Apprendre à parler à un âne, faire passer de l'eau pour du vin, s'envoler d'un balcon, jouer les médecins réputés… en somme, abuser de la crédulité de son entourage, Till adore ça ! Très connu dans le monde germanique et flamand, ce personnage facétieux a plus d'un tour dans son sac. Au point qu'il fait figure de digne héritier de Renart, le héros du *Roman de Renart*. Comme le goupil, Till n'a peur de rien et n'hésite pas à braver les plus hautes autorités pour se livrer à son loisir favori – embêter le monde. Au lecteur de s'en réjouir !

ÉTONNANTissimes

Le Petit Vieux des Batignolles
Gaboriau

À Paris, dans le quartier des Batignolles, on découvre un petit vieux assassiné chez lui. Des lettres tracées dans son sang désignent le meurtrier. Mais Méchinet en a vu d'autres ! Assisté de Godeuil, un jeune étudiant en médecine, il émet quelques réserves sur cette culpabilité toute trouvée…

Commence alors une palpitante enquête pour réfuter l'évidence : indice après indice, la vérité se fait jour, tandis que le suspect s'obstine à revendiquer le crime.

ÉTONNANTiss!mes

Mise en page par Meta-systems
59100 Roubaix

N° d'édition . L.01EHRN000286.N001
Dépôt légal : juin 2012

Achevé d'imprimer en Italie
par Grafica Veneta S.p.A.